The Cloud Thief

偷雲賊

詹姆士・尼可──著
James Nicol
蕭季瑄──譯

紀念我親愛的父親，他熱愛大自然、閱讀和凝望雲霞。

contents

第一章 雲朵到貨 006
第二章 水井 015
第三章 奎爾先生 025
第四章 時間表 031
第五章 降雨 035
第六章 雲朵工廠 042
第七章 眼窗 049
第八章 抽取雲朵 058
第九章 午夜時分 072
第十章 女王雲 079
第十一章 雲朵侍從 085
第十二章 逃跑 092
第十三章 早晨 103
第十四章 搶匪 111
第十五章 長袍和破布 118
第十六章 長途馬車 125
第十七章 幫手 130
第十八章 古老的名字 136
第十九章 石化森林 144
第二十章 沙蠍 157

contents

第二十一章 高牆之外 163
第二十二章 莉塔女大女爵 170
第二十三章 花園 176
第二十四章 萬靈丹 184
第二十五章 凱路絲 191
第二十六章 翺翔天際 199
第二十七章 懸崖鷹身女妖 206
第二十八章 祕密 212
第二十九章 攤牌 217
第三十章 事實與謊言 223
第三十一章 沙塵暴 231
第三十二章 衝突 236
第三十三章 瑪瑙女王 248
第三十四章 雲朵大戰 258
第三十五章 雲朵守護員 267
作者的話 279
各界盛讚：以愛為趨動力的奇幻冒險旅程 281
大氣科學的雲朵：《偷雲賊》裡隱藏的科普知識 286

第一章

雲朵到貨

這是四個多月來，第一朵被送到沙海畔凋零鎮的雲。

瑪拉看著雲朵侍從和派送員敏捷的身影在馬車周圍快速移動，檢查著用鉸鏈固定車頂的扣環、門閂和鎖頭是否牢固，確保雲朵在被取出之前安然無恙。今天的侍從她一個都不認識，這很不尋常。

鎮上來了很多人。大夥關上門暫停營業、擱下做到一半的家務事，甚至連學校也提前放學，都是為了來這裡見證這一幕。

瑪拉、她的寵物松鼠飛吉特和老伯恩離開鎖匠店，跟隨他們的朋友和鄰居穿過峽谷大橋，一路往上爬、往上爬到了傾斜的山坡，最後抵達懸崖頂農莊，雲朵常被送到這裡。這裡最需要它們，在這裡它們能發揮最大的作用。凋零鎮的百姓們在這裡勉強開墾出幾英畝的土地，以這些土地的肥沃程度足夠種植一些農作物，其他四周就只能長著野生迷迭香和稀疏的松樹。

等待雲朵釋放的同時，瑪拉望向田野，目光越過懸崖頂部，落在了沙海連綿起伏的沙丘上——漫無邊際的沙丘，在「大變遷」之前，原先是一片汪洋。瑪拉發揮極致的想像力，在心裡描繪出浩瀚海洋的畫面，那景象如今只存在於講述過往世界的神話與傳說中。

這天狂風颼颼，讓人灼痛的沙塵漩渦在田野上翻騰肆虐，撲向聚集人群的每個臉龐。瑪拉舉起手遮住雙眼，匆匆瞥了一眼明亮湛藍、萬里無雲的天空。

「我就說要帶護目鏡吧，女孩。」老伯恩笑著說。

「讓開！」其中一名侍從大吼，另一人將曲柄把手插入馬車兩側，準備要打開車頂。

但瑪拉很清楚，侍從們在收到滿意的費用後才會放出雲朵。

「讓開，鎮長來了，讓開。」一絲細弱沙啞的聲音響起，聽起來像是感冒了許久還未康復的嗓音。

凋零鎮鎮長，尤尼絲・皮波蒂正大步走向懸崖頂，朝著人群、朝著馬車和馬車內那朵備受期待的雲走去。她穿著一件佈滿灰塵的長外套，灰色短髮拂過乾淨的臉龐。她是一位和善但嚴肅的女士，是老伯恩的好朋友，自瑪拉有記憶以來鎮長就一直存在她的生活裡。拚命走在她前面的是她的助理，聲音粗嘎如雜草的阿奇・史克朗普。

「讓一下。」史克朗普先生喘著粗氣。「我說讓開！」

「噢，這樣就行了，史克朗普先生，謝謝你。」皮波蒂鎮長溫和但堅定地說。和粗鄙的史克朗普先生不同，她從來都不慌不忙，也從不焦躁。她帶著微笑，輕盈地穿過歡迎她的群眾，中途還停下來問候某位居民的母親，詢問他們最近到沿海地區桑賽德探親的情況，接著繼續走向那些看起來因被耽擱而頗為不滿的侍從。

「早安，我想大夥都有一段平安美好的旅程吧？」鎮長問道。「歡迎來到沙海畔凋零鎮。」

聚在一起的侍從及派送員簡短地嘟囔一聲回應。接著其中一人——顯然是他們的負責人——一個比瑪拉大一、兩歲的女孩，肩上站著一隻白烏鴉，大步走上前來。

瑪拉同樣不認識她，通常都是一位名叫威納的和藹老紳士將雲朵送到凋零鎮。他大多會待在沙海軍備酒吧，開心地和鎮長及老伯恩敘舊。但自老伯恩生病後，酒吧之行便寥寥可數。她很好奇威納出了什麼事。

「早安，我是尤尼絲．皮波蒂，凋零鎮的鎮——」

「是，我知道你是誰，皮波蒂鎮長。」女孩迅速地打斷。白烏鴉一邊嘎嘎叫一邊拍動翅膀，像是回應女孩的挫敗感，然後她挺直肩膀、揚起下巴。即使她這麼做，皮波蒂鎮長還是高她一截。

「那麼你是？」鎮長問道。

「伊薇，伊薇．班布里居。」女孩馬上回答。

「好的，容我做為第一位正式歡迎你們來到凋零鎮的人，感謝你們的服務，將我們迫切需要的雲朵運過來。」皮波蒂鎮長輕輕低頭致意。

「你付錢了嗎？」

「不好意思？」鎮長回答。

「付了錢雲朵才是你的。所以錢在哪裡？」

其他幾名侍從用異樣的眼光相互掃視，幾位凋零鎮居民倒抽了一口氣，沒有人敢對鎮長這般無禮。

皮波蒂鎮長微微一笑，指著不遠處的穀倉。倉門敞開著，瑪拉看見穀物和蔬菜就裝在麻布袋和板條箱裡等著被運走。由於收成時日延遲，小鎮很難湊齊款項。

「那就是全部了嗎？」伊薇望著穀倉質問。「我聽說凋零鎮之前也付不出錢？」

「這個嘛，威納先生從未跟我們抗議過。」皮波蒂鎮長解釋。

伊薇有些坐立難安，沒敢直視鎮長的目光，且瑪拉發現她的雙頰泛紅了——顯然她只習慣和那些直接交錢而不廢話的人打交道。

「不過，請盡情隨意檢查吧。」鎮長領著伊薇走向穀倉，令人洩氣的是那裡超出瑪拉能聽到的範圍了。

在穀倉門口討論了幾分鐘後，伊薇檢查了幾個麻袋。瑪拉注意到鎮長從口袋裡拿出一個小袋子，看起來有點像是零錢包之類的東西，但為什麼還要付錢給侍從呢？不管如何，這方法顯然奏效了，伊薇轉身朝馬車旁的侍從舉起手示意。其中一人開始轉動曲柄把手，車頂上的齒輪發出了喀啦喀啦的聲響。

慢慢地，兩邊合攏的馬車車頂嘎吱一聲打開了。

「來囉。」老伯恩說，他的聲音難掩興奮。「我真是太喜歡這一刻了！」

當第一縷雲從車頂門縫中冒出時，圍觀的人群裡響起一陣零星的掌聲。隨後，所有人都安靜下來，就連瑪拉肩膀上的飛吉特都靜悄悄地一動也不動。

這是一朵胖嘟嘟的小雲，但瑪拉總覺得它不太對勁。顏色不對，它既不是亮白色，也不是深灰色，和大多數被送到凋零鎮的雲朵不太一樣。搞不好這朵雲會帶來不同類型的天氣？她記得幾年前的一朵降雪雲，讓整個鎮的人在雪花中玩了一天。不過那時候雲朵還沒有那麼貴。

這朵雲完全不對勁——它好像是有點病態的黃色。

「好小喔，對不對？」瑪拉和老伯恩身後的群眾裡有人這麼說。

「而且顏色也太古怪了！」人們紛紛表示贊同。

「這樣的雲肯定下不了多少雨。」老伯恩粗聲說道。

「又一朵爛雲，尤尼絲肯定會不高興。」

他說對了，和過去拿到的雲相比，這朵真的很小非常小。然而，從穀倉裡的交易量來看，他們付的錢一樣多而且搞不好更多，因為瑪拉看見鎮長還另外給了錢。他們最近訂購的雲都沒有按時送到，而且狀況一朵比一朵差。

瑪拉看向鎮長，但她的臉上沒有流露出任何表情。

群眾間不滿的耳語聲越來越大，引起皮波蒂鎮長的注意。她走過伊薇和其他幾位侍從身邊，朝著凋零鎮居民們舉起雙手示意。「請大家安靜。」

「您有看到那玩意的大小嗎？」一位高大的男子怒吼道，用他粗壯的拳頭對著雲朵揮舞。

「那有什麼用啊！」群眾嘟囔著表示贊同。

皮波蒂鎮長盯著眾人，直到大夥安靜下來。

「謝謝，葛利斯先生。看來……雲朵工廠的政策改變……最近價格上漲了。」

「而雲朵也縮水了！」某個人接著補充。這句話引起了更多嘀咕和抱怨。

鎮長深吸一口氣，平靜地說道：「因為沒有其他地方能購買雲朵了，葛利斯先生，我們會繼續——正如我們祖先幾個世紀以來所做的，且毫無疑問，我們的子女、後代們也將這麼做——和雲朵工廠交易。還是你寧願我們的社區、市鎮、親朋好友們陷入……困境？我們付錢，他們供貨。如有任何問題，歡迎您和史克朗普先生預約時間前來公會廳討論，以文明的方式。我不會在田野上和你爭論的，葛利斯先生。」

其餘的凋零鎮民居們紛紛點頭表示同意。

老伯恩輕推了推瑪拉，小聲說：「天啊，她真厲害，對吧？」

瑪拉點點頭，皮波蒂鎮長在她眼裡簡直是個英雄。老伯恩的神情繃緊了一下，然後他別過頭去，讓身體重重地倚靠在拐杖上。

「您今天還好嗎？」瑪拉將手伸向老伯恩。

「別瞎操心，女孩。」他眉頭皺起，稍微轉過身避開了。

瑪拉知道他很討厭生病，但更討厭別人對他過份關心。

「現在，我們一起享受這場雨吧？」皮波蒂鎮長問完，便轉回去面向那些正在用長棍戳弄雲朵的侍從們。瑪拉看到一束炙熱的橘色火光從其中一根棍子的頂端冒出，穿透層層堆疊的雲朵蔓延開來。她替這朵雲感到難過。以前他們不需要用棍子去戳弄，雲朵也能降下雨水。

接著，雲朵開始緩緩上升，彷彿被激怒了一樣。它逐漸變大，顏色也變暗，一些黃色漸漸消失變成灰色。

「來囉。」老伯恩說，聲音充滿驚奇和期待。

雲朵漂浮和膨脹了幾分鐘後，便停了下來。看起來好了一些，但還是偏小。接著它開始下雨，起初只是毛毛細雨，但已足夠引起圍觀的鎮民們拍手叫好。鎮長滿意地點點頭。

一個差不多三四歲的小男孩快步跑進田埂，走進細雨中，伸出一個小瓶子收集雨水。每個人都輕聲笑了出來，除了史克朗普先生。他衝上前去把孩子拉離雨絲，還搶走男孩手中的瓶子。

「定量配給的生活用水，照例收集在鎮上的水井裡，你沒有權利從這片雲中取走任何一滴水！」史克朗普先生厲聲說道。

男孩的母親雙頰發紅，趕緊跑出人群，將一臉茫然的孩子抱離緊抓著瓶子的史克朗普先生。鎮長走到助理身邊，把他手中的瓶子拔出來還給男孩，並輕聲向母親致歉，就在這時，雲朵下起了傾盆大雨，空氣因為潮濕而變得寒冷，不到幾秒鐘，圍觀的群眾臉龐都被水花濺溼了。

第二章

水井

雨持續下了大約半個小時，那些被淋濕但都鬆了一口氣的人群隨後散去了。有些人沿著長長的懸崖小徑返回凋零鎮，其他人則跑去和朋友，以及只在降雨時分才會見到的人們交談。

「我得去找鎮長談談。」老伯恩說。雖然他們是朋友，但他總是稱呼她「鎮長」，所以即使聽起來很正式，但他很可能也只是要去交換一些有關新的侍從和雲朵的八卦。

「你要回去喝茶了嗎？」老伯恩問，瑪拉點頭。

「這才是我的小女孩嘛。」他伸手想碰觸她的臉頰，隨即又縮了回去，但速度不快。瑪拉注意到他的手指有些痙攣，另一個萎縮病惡化的跡象。

「好的，待會見。」瑪拉回應，假裝沒有發現。她親吻老伯恩粗糙的臉頰。

他不喜歡瑪拉替他擔心。但瑪拉知道病情只會每況愈下……直到，嗯，她不想去想那個結果。

「走吧，飛吉特！如果被史克朗普先生抓到，他會把你變成一個新鉛筆盒的！」瑪拉叫喚著，松鼠已經違反規定溜到田野邊緣的一個小水坑裡玩耍了。他們一起返回鎮上。

在回去的路上，柯比姊妹走在他們前頭。這對年長的雙胞胎對鎮上的一切瞭如指掌，她們最喜歡的事情，莫過於分享和探究一些讓人津津樂道的八卦。

「可憐的老伯恩，我覺得他真的很折騰。」艾爾西小姐說道，聲音細小到只有她妹妹莉惟能聽見。但其實也沒有那麼小聲！

莉惟轉頭看向艾爾西。「我知道，真是可惜。凡索爾太太也飽受萎縮病之苦。你還記得她嗎？以前她住在米德爾巷，靠近那間曾經是舊五金行後來變成律師事務所的地方。」

「她是老師嗎？有雀斑、走路一跛一跛的？」

「艾爾西，不是她啦。是派雀特小姐，而且她是這個轄區的護理師不是老師。

凡索爾太太很高，總是盤著大大的髮髻，還養了一隻烏龜。」

「噢，對、對，莉惟我想起來了。她是鋼琴老師！可憐的凡索爾太太，最後她痛苦極了。」

「對啊。真是可怕，而且最近似乎越來越常見了。」

「那位老牧師……他叫什麼名字？」

「貝佛里奇，是嗎？」

「應該是──對，沒錯。」

「他總是彎腰駝背，走也走不好，腳踝都扭曲了。然後──砰！一切都好轉了。」

「噢對。」

她們停下腳步，瑪拉也是。她們倆完全沒察覺到她的存在，瑪拉不想驚動她們，怕會中斷兩人正在談論的事情。

「這個嘛，不是聽說有一片雲治癒了貝佛里奇先生的萎縮病嗎？」

「是嗎？真的假的，艾爾西？我從來沒聽說過。」莉惟回應道。「你瞎掰的吧。」

「老天為證，絕無瞎說。」艾爾西小姐這麼說完，快速看向天空。

她們繼續往前走，繼續閒聊。但瑪拉僵在了原地。

那兩人真的說了她所聽到的那些話嗎？有能治癒萎縮病的辦法？而且辦法可能來自一朵雲？

但這肯定只是傳言吧？莉惟和艾爾西小姐並非可靠的消息來源。然而，這想法已經在瑪拉的腦海裡生根。

一片雲可以治好老伯恩的萎縮病？

她看著發出低沉呼嚕聲的飛吉特。

但要怎麼拿到一朵雲呢？

「下一位！」史克朗普先生的鼻音迴盪在井泉廣場。這是一個小小的中庭，藏在主要商店街的後方，鎮上唯一的一座水井就坐落於此。平常井口是鎖著的，只有在史克朗普先生監督取水時才會開放。他以一種官僚威權式的作風執行這項任務。

瑪拉排在第四位，今天的隊伍也不長。她提著兩個大錫罐，罐子裝滿水後會更難搬運，這就是瑪拉堅持自己來取水的原因。上次老伯恩過來，回家時在階梯上摔倒，割傷了腿，還摔疼了背。

「幸好你沒有摔斷骨頭！」瑪拉在他們的小廚房裡，一邊幫他處理傷口一邊說。

「別大驚小怪了，女孩！」他只是淡淡地說道。但瑪拉堅持下次由她去取水時，他並沒有反對。

他們並不缺水，水箱裡還有很多——如果他們想，甚至還能洗幾次澡和一大堆衣服——但老伯恩喜歡確保水箱盡可能裝滿。

此外，瑪拉想自己過來取水還有另一個原因。前往井泉廣場的路上會經過奎爾先生的舊貨舖，她想請他幫忙找些東西，能幫助老伯恩的某樣東西。

「下一位！過來，快點奧特茲先生。你害隊伍一動也不動了，」史克朗普先生對著可憐的老奧特茲先生發牢騷。即便在狀態最好時，老奧特茲也總是渾身顫抖搖搖晃晃，需要費力舉高才能將罐子放到水井內的機關，好讓機關將罐子垂到水裡取水。

老人弄掉罐子時，史克朗普先生大聲嘆氣，還翻了白眼。瑪拉快步上前幫忙。這似乎讓史克朗普先生更加惱怒，擋住了瑪拉的去路。

「請讓我幫忙。」瑪拉說道，接著放低音量：「您知道的，奧特茲先生不太會用門閂。」

「井邊一次只能有一個人。」史克朗普先生近乎得意洋洋的語氣說道。「這是規定。」

隊伍裡的其他人開始抱怨了。

「太荒唐了，史克朗普先生。他完全沒辦法弄到水啊。」

飛吉特開始在瑪拉的肩膀上憤怒地吱吱叫。「現在不是時候，飛吉特。」她說並試著把松鼠哄回外套口袋裡。

「沒事，瑪拉。我搞定了。」奧特茲先生輕柔地說，避開史克朗普先生的目光。

幾分鐘後，奧特茲先生拿起裝滿水的罐子，拖著腳步蹣跚回家。下一個取水的小女孩是碧西．哈道克，她差不多七歲了，瑪拉知道都是由她負責取水，因為她母親得照顧其他兄弟姊妹，沒有時間過來。她還知道，可憐的碧西每天都得來回好幾趟，才能領到足夠全家人使用的份量。

就在她把裝滿水的罐子拿出井口時，罐子從井壁上掉了下來，碧西的洋裝、雙腳還有廣場地上乾燥的石頭都被濺濕了。

「噢，看你做的好事，笨手笨腳的孩子！」史克朗普先生暴怒。「有夠浪費的！」

「很抱歉，史克朗普先生……拜託，我可以再拿一桶嗎？」

「不行。不可以！」

「這樣不公平！」瑪拉表示。

「我想我們已經聽夠你說的了，瑪拉．基史密斯。」

「但她的水灑出來了。那是意外——你也看到了。肯定能讓她再拿一罐吧？」

史克朗普先生什麼都沒說，只是指著廣場另一頭，牢牢釘在牆壁木板上的規定事項。

居民有權領取每日分例，但不得超過。

分例按照家庭成員每日分配。

除非可以出示醫生或市鎮官員的證明文件，否則不得超過配給量。

不得插隊或佔位子。

水井附近不得飲食。

在最後一條官方規定下，有人加了這句話：「呼吸也不可以太大聲！」史克朗普先生曾試圖擦掉，但失敗了。

「拜託嘛，史克朗普先生？」瑪拉請求，雖然她知道自己是在白費力氣。史克朗普先生別過頭，輕蔑地吸了吸鼻子。

碧西拿起兩個罐子，一個滿的、一個明顯少了，轉身離開廣場。

但瑪拉忍無可忍了，她伸手放在碧西肩膀拉住她，「等一等，碧西，請等一下。」

「這樣不好。暴躁的老史克朗普他不會幫忙的，瑪拉，但謝謝你嘗試幫我爭取。」

「他不會幫忙——但我會。」

瑪拉大步走到井邊，完全無視史克朗普先生。她迅速將自己的罐子固定上機關下垂到井裡。拉回裝滿水的罐子後，她緊緊蓋上蓋子，遞給碧西，並從對方手中接過空罐子。

「噢，瑪拉。謝謝你！」碧西咧開大大的笑容。看見女孩臉上的恐懼消失，瑪拉滿心歡喜。但這種情緒沒持續多久，因為史克朗普先生馬上就揮舞著書寫板暴跳如雷地走到她們身旁。

「這是什麼？這是怎麼回事？瑪拉．基史密斯，你送出你自己的配額嗎?!」

「確實呀，史克朗普先生，」她回答。

「但那是……」他一下喃喃自語，一下喘不過氣，眼神從書寫板移到瑪拉，再移向碧西及她那裝滿水的罐子上頭。「這不……」

「這可不在規定事項上。我喜歡把配額給誰就給誰。」瑪拉這麼說。在她後頭排隊的居民們歡呼以示支持。

史克朗普先生看起來氣壞了。就算再次檢查規定和他的書寫板，瑪拉的行為也仍然沒有問題。每位居民都有權利用他們配給得來的水做他們想做的事，而瑪拉選擇分享。

「我要向鎮長報告這件事！」史克朗普先生說，雙眼瞪得快掉出來，尖叫的嗓音裡透出驚慌。「而且我之前就告訴過你了，別帶那隻樹上跑的老鼠靠近井邊！」他指著飛吉特，小松鼠只是吐了吐舌頭。

瑪拉沒有回應，她速速裝滿第二個罐子後快步離開廣場。毫無疑問，這將成為凋零鎮未來幾天的八卦新聞，此外，她還需要在奎爾先生出發進行第二次採購前找到他。他是唯一一位知道該如何幫助老伯恩的人，如果艾爾西和莉惟小姐所說的，關於一片雲的事千真萬確的話。

第三章

奎爾先生

「嗯——是啊，沒錯，我確實也聽過類似的傳聞，瑪拉。」瑪拉一講完她從艾爾西和莉惟小姐那裡聽到的事情後，奎爾先生便謹慎地說。

她的心因興奮和希望而砰砰跳。「真的嗎？」她滿懷期待地靠向奎爾先生。

老人用手指捻著稀疏的鬍鬚，抬頭看向她說道，「但問題是，你知道的，到底該如何獲得那片雲。你肯定已經想過這個難題了。」

瑪拉點頭。「我覺得您能提供幫助。」

奎爾先生轉過身，在唯一一小塊空地來回踱步。商店從地面到天花板都堆滿了各種形狀、大小、顏色、用途的小玩意。如果你需要一些在凋零鎮店鋪買不到的物品，或者需要某個不尋常的東西，奎爾先生就是您的最佳選擇。老伯恩總說他某部分是舊貨商、某部分是神秘主義者，還有一部分是小偷。但凋零鎮大多數的人都信任他，他有顆古道熱腸的心，只要辦得到，他就會幫助任何人。

奎爾先生停下腳步，聞了聞空氣，彷彿是隻嗅覺敏銳的狗發現了氣味一樣，接著他快步走下一條兩旁堆滿各種雜物的狹窄走道。

「奎爾先生？」瑪拉呼喊。她向走廊張望，但對方好像消失了一般。

他離開了好長一段時間。瑪拉在商店裡的一小角落等待，仔細瞧著成堆的雜物。那裡有一系列帽子、一個圓頂玻璃盒裡裝著一塊來自石化森林、扭曲尖銳的灰綠色岩石，上面佈滿灰塵且褪色了。在岩石後方，可以看到一塊白色、灰色和粉紅色的污痕。這是某種圖像——不，是一幅畫。

一幅天空的畫……上頭白雲朵朵！

瑪拉呆住了，完全無法轉移視線。還來不及意識到自己在做什麼，她已經把畫舉起來拿在手裡了。

她凝視著那些老舊的、隨意塗抹的白色、灰色、藍色和粉紅色的顏料塗層，層層疊加後鋪陳出一片無邊無際、佈滿雲彩的天空。瑪拉聽過「大變遷」之前的古老故事，但從未見過任何展示天空樣貌的東西，那時候，雲朵無處不在。

這畫面令她心痛，她從未見過這樣的天空。她所見過的天空，不是無雲、蔚藍，就是當沙塵暴來襲時一片的黃色塵土。

「咳——發現另一個想買的東西了嗎？」

瑪拉嚇一跳，差點弄掉手上的圖畫。奎爾先生回來了，手裡拿著某樣東西。看來不過是個髒兮兮的舊麻袋。

「這給你。」他說，將粗糙的麻袋塞進瑪拉手裡。

她好奇地低頭盯著袋子一會兒，突然間滿心困惑。是給錯東西了嗎？

「這些古董已經在我手上好幾年了，差點都忘了它們，直到你提起想要能夠切割一小片雲朵的工具……」

瑪拉拿著這袋包裹，感受著其中物品的奇異重量。

「來。」奎爾先生說，掃開一旁桌上的物品，讓瑪拉有個小空間可以放置麻袋。她的雙手微微顫抖，小心翼翼地解開袋子。在舊貨舖斑駁且佈滿塵埃的光線下，她看見有個東西閃閃發光。是金子嗎？這全部值多少錢呢？

第一件物品是一條堅韌的管子，大約跟瑪拉的手臂一樣長。管子外頭覆蓋著被染成飽和深藍色的皮革。皮革上滿是各種形狀、符號和奇特的圖樣，所有線條都用金色顏料精心描繪過。

「我的生意夥伴跟我保證，如果我沒記錯的話，那管子可以保存一片雲長達一個月，而且能維持新鮮良好的狀態，也能留住它的魔法。這些符號，你瞧瞧——強大、古老的魔法，早在『大變遷』之前就存在了。」奎爾先生趕緊拍拍雙手，避免沾上厄運。

麻布袋裡還纏著其他東西，某個體積更小更重的東西。瑪拉解開它後，嚇得差點將它摔到地上。

那是一把藏在皮革刀鞘裡的小刀，顏色、設計都和管子很類似。「這個，我的情報來源說，這把刀可以切開雲朵，是雲朵工廠自己出產的。」奎爾先生壓低音量小聲地說，儘管他們四周根本沒人。

可以切割雲朵的刀，還有能夠保存雲朵的容器——這些證明了奎爾先生的舊貨舖真的神奇無比。太幸運了！

瑪拉凝視著這些東西。它們看起來確實像是她所見過最神奇的物品，但她忍不住問道，「您確定嗎，奎爾先生？」

他的臉色一沉。

她冒犯到他了。

「我以我母親的遺骨發誓，這些都是『大變遷』之前古老、神秘、有法力的文物。」他再次拍拍雙手。

「我不是有意冒犯您。只是——這件事太重要了。」

奎爾先生微微一笑，伸出粗糙的手安撫般拍拍瑪拉。「我明白，親愛的，我都明白。」

瑪拉將小刀放回皮革刀鞘內，並伸手到購物籃裡找錢包。她湊足了這兩年來存的所有錢。「我不確定這些夠不夠。如果還需要更多……我會想辦法弄到的。」瑪拉說完，將錢包遞給奎爾先生。

他推回錢包。「我不想要你的錢，瑪拉。」他溫柔地笑著。「伯恩是我的摯友……如果這能幫到他，我很樂意將這些當成禮物送給你。天哪，我猜它們已經在這裡積了三十年灰塵了。放心吧，你的祕密我會守口如瓶。」

瑪拉不敢相信自己的耳朵。她的雙眼盈滿淚水，急忙別過頭。商店門鈴響起，宣告著又有另一位顧客上門時，她鬆了一口氣，這代表奎爾先生得趕緊過去打招呼。「啊，溫德伯恩先生。我正期盼您今天過來。我找到您詢問的那些雙樞軸鉸鏈了……價格不是最實惠的，但……」

瑪拉站在原地，仍舊非常震驚，盯著麻布袋裡的管子和小刀。

她有工具，現在只差雲朵了。而這將是這道難題最棘手的部分。

第四章

時間表

過去三個禮拜，瑪拉每天都會到市鎮的公佈欄處兩次。公佈欄被固定在公會廳大門旁的牆壁上。凋零鎮所有重要的新聞、公告、訊息都會被刊登在這裡——嗯，至少所有官方的資訊都是如此。市鎮會議日期、繳稅時間通知、圖書館的開館和教堂舉行禮拜的時間。

不過呢，最重要的是，公佈欄右上角用三個閃亮銅製圖釘釘著的，是下一次雲朵預計運送的日期。

瑪拉不止一次想在皮波蒂鎮長和老伯恩喝茶時開口詢問她，但擔心這麼做會顯得很可疑，因為這不是瑪拉平常會問的問題。所以她等著，耐心地等待著。而現在，她的耐心終於有了回報。

下一次雲朵運送，預計五月十五日星期四到達。

只剩兩天時間了。

「你在做什麼呀，小女孩？」

瑪拉轉身，發現老伯恩站在她身後。他重重地倚著拐杖上。

「噢，我只是在……看看圖書館什麼時候開門……」

「圖書館，是吧？」

「對。」瑪拉沒有直視他的眼睛。「我的書逾期了。」

老伯恩會心一笑地說道，「是呀，我也總是想看看下一朵雲什麼時候被送來！」

瑪拉聽得出他話中的笑意。「我們可以去野餐，然後走去懸崖頂農莊，你知道的，就像你小時候我們經常做的那樣。」

那些旅程真是美好啊，沿著懸崖小徑追逐，和其他來觀看雲朵交貨的人一起享受美味的野餐餐點。那感覺就像假期或節慶一樣，人們又是歡笑又是歌唱。有時候農莊主人貝爾夫婦會讓他們在大雨下歡慶跳舞（如果史克朗普先生不在的話），然後大家都被淋得渾身濕透。那是在雲朵更大，也更常被送來的日子裡。現在，沒人這麼做了，也沒有人願意浪費任何一滴難得入手的水。

更何況，那樣只會干擾到瑪拉的計畫。「你確定要上去嗎？」她問老伯恩，目光不由自主地落在他的拐杖和扭曲變形的手上。

這個問題讓他陷入沉思，然後他的視線越過峽谷，悲傷地望著凋零鎮對面的崖頂農莊。

這時瑪拉感覺糟透了。「也許你應該好好休息，下次我們再一起去。」

「沒錯，沒錯，就這麼辦吧。」他虛弱地笑了笑，但聽起來不是很確定。

「而且搞不好又是像上次那樣小小的雲朵，一點都不壯觀。不像從前那樣了，對不對？」

老伯恩端詳著她一會兒。瑪拉擔心會被他看穿心思。但過了幾秒鐘後，他就點點頭傷心地說，「不一樣了，你說的沒錯。沒必要付出全部的心力，冒著半途而廢的風險，對吧？」他沉重地嘆了口氣。「等等回家吃午餐嗎？」

「會的。」瑪拉回答。

「要幫你拿那個籃子嗎？」他伸出手，瑪拉將籃子遞過去，才想到藏在購物袋下面的東西。她一刻也沒有讓管子和刀子離開自己的視線。過去三週她隨身攜帶，就連睡覺都將東西藏在枕頭下。

她快速抓回籃子，大聲說道，「不用！啊，我是說，我還要多買一些東西。所以我，呃，還需要用一下。但謝謝您。」

老伯恩笑著搖搖頭。「看來你今天曬太陽曬過頭了，我的小女孩。」他笑道。「等一下家裡見囉。」他輕觸她的臉頰、搔搔飛吉特的耳後，接著才緩步離去。飛吉特立刻在瑪拉耳邊憤怒地喋喋不休，顯然氣壞了。

「我懂，我懂！」瑪拉噓聲叫他安靜。「但要是希望計畫成功，那老伯恩禮拜四就必須待在家裡！」

飛吉特對著瑪拉吱吱叫，吐舌發出輕蔑的呸聲，接著氣呼呼地轉過身去。或許能說，這已經是一隻松鼠盡其所能發怒的樣子了。

第五章

降雨

瑪拉和飛吉特渾身濕透了！降雨來得比所有人預期的還要快。她以為自己有時間靠近馬車，在侍從打開車頂釋放雲朵前切下一小片雲。

但又是那個帶著白色烏鴉令人不悅的女孩，伊薇·班布里居，馬車才剛停穩，她便下令釋放雲朵，並讓侍從用長棍不停地戳、不停地激化雲朵。雲朵一離開車廂就開始下雨了。

現在，瑪拉蹲在懸崖頂農莊高聳的玉米叢中，試著計畫下一步行動。

「我可以等到下一次交貨。」她跟又濕又暴躁的飛吉特說。

他發出嗞嗞的聲音。

「沒錯，你說得對，我們不知道要等多久。可能又要等幾個月——老伯恩的情況卻不斷惡化，對吧？」

瑪拉的目光越過濕漉漉的地面，看著馬車所在的位置。降雨時，侍從們都會退得遠遠的，他們不喜歡被淋濕。一旦結束，他們就會爬回馬車，馬匹便會立即掉頭返回工廠。

瑪拉靈光一閃。「馬車就停在那裡，車門大開！」她對飛吉特說，小松鼠難以置信地看著她眨眨眼。

飛吉特給了她一個銳利的目光，發出低沉的咆哮聲。

「嗯，門確實是敞開的……而且沒有人會注意到這邊。」

瑪拉抬頭看著雲朵下方。雲已經開始變得稀薄——她能透過雲層看見上頭的藍天。皮波蒂鎮長肯定不會高興的。瑪拉推測，降雨結束到雲朵完全蒸發前，自己最多還有五分鐘。然後侍從和馬車就會離開，而她就只能和機會說再見了。

農莊傳來一陣呼喊，吸引了侍從們的注意。瑪拉從閃爍著新鮮雨珠的玉米桿間，窺視到農莊主人貝爾夫婦站在門口，拿著盛滿食物飲料的托盤。

瑪拉願意為了貝爾先生的燕麥餅做任何事！

但，現在是瑪拉的絕佳機會。要是現在不行動，他們離開後她就又回到原點了。就在準備動身前，她先摘了一小枝凋零鎮到處都有的野生迷迭香，把它插進外套的扣眼裡以祈求好運。

瑪拉緊貼著玉米叢做為掩護，沿著田野慢慢前進，直到和馬車車尾維持同個高度。她探出頭，看見所有人都聚攏在農莊門口。就連史克朗普先生都在那裡，他代替有重要會議無法出席的皮波蒂鎮長前來。瑪拉注意到伊薇・班布里居交給史克朗普先生某樣東西，他很快塞進了外套裡。也許是因為雲朵的質量糟糕而獲得的退款？但現在沒時間搞清楚到底是怎麼回事了。

「抓緊了，飛吉特！」瑪拉說道，從玉米田裡直接衝向無人看管的馬車，希望侍從和貝爾夫婦不會從農莊方向看見她。她在泥濘裡打滑了一下。飛吉特興奮地吱吱叫，在瑪拉跑步時指引方向。她繞著馬車外圍滑行。馬車的側面像是格柵一般，為爬行而入提供了完美的立足點。瑪拉只花了幾秒鐘（飛吉特更是迅雷不及掩耳）就爬到馬車頂端，向下往裡頭細看。

她先放下背包，然後鑽進車廂裡，希望侍從回來後不會太仔細檢查馬車。飛吉特趕緊跑到她身邊。難怪雲朵沒有很厚——顯然在來到凋零鎮的路上，它一直在下雨，車廂裡的木頭地板濕答答的。瑪拉和飛吉特蜷縮在濕漉漉的車廂角落，最黑暗的陰影處。透過兩側的縫隙，她能看見侍從們正開始離開農莊。

一陣恐慌油然而生。她在發抖，在留下和離開之間來回拉扯。天啊，她到底在想些什麼？她並沒有真正的想法，不知道抵達雲朵工廠後該做些什麼。她只有帶一些零食是準備在去到懸崖頂農莊的路上吃的，到雲朵工廠需要幾天呢？這還是假設能成功的前提下。她十之八九很快就會被發現，然後被扔在路邊……或者被關進牢裡，甚或更糟，因為企圖偷盜雲朵而被逮捕。

她不在後，誰來照顧老伯恩？

飛吉特感覺到了她的焦慮，喋喋不休起來。「其實我已經想過這些了！」瑪拉回答他。「雖然可能沒考慮得那麼充分……噢，還是我們應該出去再思考一下？」

飛吉特吱吱叫表示同意，但瑪拉正準備爬出去時，看見兩名侍從經過馬車側邊。她立刻退回陰影中……接著聽見齒輪轉動傳來熟悉的喀噠喀噠聲響，然後瑪拉和飛吉特頭上的車頂便開始緩緩合攏。

好了，現在他們被困在馬車裡了。如果她想逃走，就必須現身——誰知道這會替凋零鎮帶來什麼麻煩？

「來不及出去了，飛吉特！」瑪拉低聲說，松鼠依偎在她身邊發出撫慰人心的咕嚕聲。

她雙手抱膝坐下。在內心深處她認為為了老伯恩，自己正在做對的事，但一切看來仍像是個糟糕的主意。

過了幾分鐘後，其他侍從回來了，坐上馬車前方的座位。瑪拉聽到其中一人大喊，馬車隨即開始移動。

她試著透過馬車側邊的格柵看向外面一閃而過的世界，但這麼做令她感到難受，因為她不忍心看著凋零鎮從視野中徹底消失。

還沒離開家鄉，她就開始想家了。

時間一分一秒過去，天色變得太暗，什麼都看不見了。

在某個夜深人靜的時刻，馬車停了下來。瑪拉有些驚慌，害怕會被發現，但他們好像只是在長途驛站更換馬匹，沒人理會車廂。已經過了好幾個小時。老伯恩現在一定擔心到發瘋了。

瑪拉希望他一切都好，不要太擔心。

不知不覺她睡著了，在平穩晃動的車廂和外套裡飛吉特小身軀帶來的溫暖下進入夢鄉。當她再次醒來，陽光已經透進車廂，但這和家鄉凋零鎮的朝陽不同。這道光線柔和許多，比較像是雲朵懸掛在城鎮上空時，陽光穿過它灑落下來，是更溫和、更輕柔的光芒。她雙眼所及的外在世界也很不一樣——沒有塵土般的褐色和沙礫般的黃色。這裡有上百種不同的綠色調。空氣的感覺和氣味也不同，彷彿大雨過後的大地一樣，鬱鬱蔥蔥、清新涼爽。

飛吉特跳出瑪拉的外套，爬到她的肩膀上，也嗅了嗅空氣。「我知道，飛吉特。很奇怪……但很棒對不對？」

瑪拉再次透過馬車格柵往外看，她太渴望看到這片景色了。大地在他們面前綿延開來，像是攤開的野餐墊一樣。這裡色彩斑斕，有各式各樣的黃色、綠色；有一塊塊、一排排的田野與農作物——簡直是一百萬倍大的懸崖頂農莊。她還看到了彎曲、閃亮的河流——真正的河流——在其中蜿蜒穿梭。這些河流就跟「大變遷」之前所描述的故事和圖畫一樣。在那裡，所有景物的正中央，有一棟聳立在一切之上，有著溝槽和高塔的巨大建築，塔樓內流淌出無窮無盡的雲朵，飄滿了整片天空。

瑪拉感覺心臟瞬間停止了。無論她想像過什麼畫面，都不是眼前所見的這樣。這超出了她的想像力；超出了她所看過造訪凋零鎮的旅人們創作的圖畫和雕刻。

她可以盯著眼前的景象一整天。這就是雲朵工廠。

第六章

雲朵工廠

雲朵馬車繼續緩緩前行了一段時間，最後終於停下來。瑪拉癱倒在潮濕的木板上——她感覺全身都在翻騰、搖晃，似乎每一塊肌肉、每一根骨頭都隱隱作痛。但這是因為緊張還是突然停車的關係？她不確定。

車廂外頭，她聽見雲朵侍從爬下座位、解開馬匹並抬走挽具，沉重的馬蹄撞擊著堅硬的石地板。

他們終於抵達雲朵工廠了。

「牠們會需要好好洗個澡，回來的主要道路太髒了。」

「今晚我會很高興再次睡在自己的床上。」

「這裡應該是馬廄或馬車庫吧。」聽到對話，瑪拉悄聲對飛吉特說。

一陣有點沉悶的鈴聲傳來。

「啊，早餐時間。」附近有個聲音雀躍地說。

「早餐？現在肯定是午餐時間了吧。」

「不管怎樣，我準備好要吃頓像樣的飯了。走吧。」

一想到食物，可憐的瑪拉就餓得肚子咕咕叫——零食早就吃完了。飛吉特也低頭看向自己的肚子。

她聽見石頭地板上的腳步聲漸漸遠離，緊接著是開門關門的嘎吱、砰砰聲響。然後，謝天謝地，四周總算安靜下來了。

保險起見，她坐在潮濕車廂內昏暗的燈光下，數到一百才敢行動。

瑪拉挪到她認為是後車門的地方，儘管在車內視線不清，她的手在潮濕的木板上摸索著，終於摸到了某個東西的邊緣——木板上一小塊凸起，她希望那是門栓。她試了好幾次才聽到門栓發出一聲清脆的喀噠聲，那是門板滑開時傳出來紮實令人安心的「咚」聲。現在瑪拉能看見馬廄地面上的奶油色石板，上頭散落著稻草碎屑。

她從車門內滑出來，匍匐在馬車底下，爬過石頭地板。確認自己很安全後她才起身。瑪拉身處在一間大馬廄內，周圍是木製的矮牆——有個角落堆滿稻草，另一個角落有很多水桶。飛吉特迅速爬上旁邊一根橫樑，掃視著周圍環境。他發出瑪拉熟悉的吱吱聲，表示這裡很安全了。

她小心翼翼穿過圍欄，走到馬廄內的主要走道上。這裡的一切都被仔細搓洗擦亮過，而且井然有序。所有朝外張望的馬匹都有著光滑的毛皮和閃閃發亮的雙眼。每座隔欄的門上都掛著塞得鼓鼓的牧草袋。這些動物顯然都受到精心的照料，這讓瑪拉感到一絲安慰。她看到唯一的出口是一道大大的雙扇門。飛吉特爬回她肩膀上，她迅速但安靜地走到門邊，小心翼翼地推開。門外是一座空無一人的庭院，中央有個巨大的圓形石槽。她穿過大門走向戶外，抬頭看向天空時忍不住驚呼。上頭的雲朵爭相簇擁——比瑪拉曾幻想過的都還要多——只有透出少許的藍天。

她愣住了，直到聽見砰一聲才嚇得回過神。另一扇門邊，就在瑪拉站立的位置正對面，有位矮胖的女人匆匆走來。她忙著自言自語，一邊擺弄幾個小袋子，所以一開始沒有看到瑪拉。

瑪拉想轉身躲回馬廄，但來不及了。

「噢，哈囉，親愛的——你迷路了嗎？」胖女士問道，並將袋子塞進長圍裙下。

飛吉特迅速躲進瑪拉的外套裡。

瑪拉只是目瞪口呆地站著。「嗯……」

那位女士趕緊走到她身邊，一邊在圍裙上擦擦手。「親愛的，你在找其他人嗎？」

「其他人？」

女士露出溫暖又柔和的微笑，還發出咯咯笑聲。「天空保佑呀，親愛的。」她這麼說，仰頭看向上方的雲朵，然後又看回瑪拉。她再次張口時，語調大聲又緩慢。「你在找其他新來的人嗎？那些學徒？」

「啊對！」瑪拉很快地說。看來這是個能順勢採用的謊言。「我是學徒。」

「難怪你會和其他人走散，即使你像我一樣待了這麼久，這地方依舊像座迷宮一樣。」女士已經領著瑪拉往前走，一路上嘰嘰喳喳地說著。「我叫朵希拉——但這裡大部分的人都叫我朵姨，你也可以這麼叫，小乖乖。但你怎麼會和其他人走散呢？噢，不過算了，你不會是第一個迷路的學徒，我敢說也不是最後一個。小心台階，降雨後階梯很滑——我們就沿著這裡的迴廊走吧。」

她們踏入一條半開放的走廊，走廊旁邊是一座美麗花園，裡頭種滿了植物和樹木——真實、有生命力、恰如其分的綠植和樹木，彷彿是夢裡才有的東西。瑪拉甚至還看到中央有一座流水嘩啦跳動的噴泉。

朵姨停下腳步，溫柔地說道：「我知道對著這些如夢似幻的景色，一開始會令人招架不住，小乖乖。」

瑪拉意識到自己的嘴巴因為驚奇而張得大大的。

「你是從哪兒來的呢？」

「山丘上的史普拉格。」瑪拉快速回答。那是在凋零鎮南邊的小城鎮——那種大家都有聽過，但沒人真正知道的地方。

朵姨聽了後目瞪口呆。「靠近沙海嗎？天哪！怪不得你看起來這麼迷茫，小乖乖。我看過沙海一次，真是差點心碎了。」

她撫慰地用手臂摟著瑪拉的肩膀。「一步一步慢慢來，知道嗎？若有任何需要，就來找朵姨。」

瑪拉點點頭。朵姨簡直是溫暖和善良的化身，她身上彷彿散發出一道光芒。正因為她太善良了，瑪拉很擔心自己會忍不住哭出來，並告訴她來到這裡的真正目的。

「好啦，我們去替你找些早餐吧，好嗎，小乖乖？」

瑪拉激動地點點頭。

她們一路往前走，最後抵達另一道雙扇大門前。這裡所有東西幾乎是日常所需的至少兩倍大。瑪拉聽見很多噪音從門的另一邊傳來，感覺有點像是進入公會廳參加城鎮會議，或是欣賞音樂會之前。

門自動敞開，一個擠滿了長凳、人群和食物的大房間出現在她們眼前。「這裡是食堂，小乖乖。」朵姨說，向寬敞的空間比畫著。「你看那裡。所有學徒都在那。」她手指向人來人往、滿是噪音的房間另一側的一張小桌子，有大約十二個孩子圍坐在那，享受著滿盤的食物。他們看起來都和瑪拉差不多年紀，也都和瑪拉一樣感到錯愕。這群孩子並沒有像其他的人一樣穿著長袍。學徒們都忙著吃東西，完全沒有留意到瑪拉——除了一個將濃密紅髮扎成兩大把馬尾的女孩，她朝瑪拉淺淺一笑，才又繼續吃飯。

朵姨領著瑪拉走向桌邊，讓她坐在馬尾女孩旁邊。「嗨。」她雀躍地打招呼。

「哈囉。」瑪拉小聲回應。

朵姨發出滿意的聲音後說道：「我去替你拿些食物，你就坐在這裡，順便交些朋友吧。」

第七章

眼窗

朵姨端著一個盤子回來，上頭的食物足足有三人份。

「謝謝您。」瑪拉說，有點嚇到了——幾乎有一半食物她都不認得。

「噢，不客氣，小乖乖。我們有很多。想要的話就自己去拿，知道嗎？」朵姨輕柔地拍拍她的頭。

瑪拉點點頭，她甚至不確定自己能吃完眼前的食物。

「好了，我的寶貝們。」朵姨對著整桌的學徒們說。「盡情地吃吧，我很快就回來，然後就開始迎新活動了。如果有人需要，呃……廁所的話，」她的臉皺了起來，「就在那裡。」她指著食堂遠處的一個角落，接著便快步離開且大喊著，「資深侍從阿力，可以借一步說話嗎？」瑪拉看著朵姨朝那個可憐的資深侍從走去，突然間覺得她的聲音聽起來沒那麼溫暖舒心了。

「嗯，如果是我可不會吃那些烤里拉芹菜。」綁著馬尾的女孩悄悄告訴瑪拉。「吃下去的話，你會待在廁所直到天黑喔。」她指著瑪拉盤子上那幾根長條狀的綠色蔬菜。

「噢，謝謝。」瑪拉回應，然後用叉子把討厭的里拉芹菜推到盤子邊緣。

「我叫克雷絲塔。」女孩自我介紹，伸出了一隻手。

瑪拉原本覺得和太多人打交道不是件好事——至少她在馬車裡是這樣想的，但顯然這個計畫已經泡湯了。她才進入工廠半小時，就已經跟兩個人說到話了，而且還被誤認是雲朵工廠的某個實習工。

飛吉特在外套底下動來動去，瑪拉希望克雷絲塔沒有注意到！

「我是瑪拉。」她發現女孩正在等待答覆，便開口回應。

克雷絲塔熱情地和瑪拉握手。「你沒有和我們一起待在馬車裡，那你是從哪裡來呀？」

「山丘上的史普拉格。」瑪拉回答。

克雷絲塔做了個鬼臉，但沒有對這話題再多說些什麼，就繼續吃她的食物了。克雷絲塔不只愛多管閒事，餐桌禮儀也很糟，即使把食物全塞進嘴裡——除了芹菜之外——她依舊繼續講個不停。

「我來自杜丹。我父母堅持要我來雲朵工廠上班，他們說這是擁有美好生活的最佳機會。你呢？」她又叉起一堆食物塞進嘴裡。

「嗯……我……噢對——我也一樣！」瑪拉這話沒什麼說服力，她知道克雷絲塔看她的眼神，流露出不太相信的神情。

「這樣啊，你覺得我們倆互相照應，怎麼樣？」克雷絲塔問。

瑪拉不知道該怎麼回答，對於用一連串謊言來矇騙這個女孩，她覺得很內疚。謝天謝地，瑪拉還來不及回答，朵姨就回來了。她拍拍雙手，引起大家的注意。瑪拉看向資深侍從阿力，他快步跑出食堂，像是剛被狠狠訓斥了一頓。

叉子和湯匙全在餐盤上哐噹作響，所有人都轉頭望向朵姨。「好的，小乖乖們，迎新活動開始了！你們可以把盤子留在這裡，只有今天會有人替你們收拾。現在請排成兩列，跟著我走吧。」

克雷絲塔立刻勾著瑪拉的手臂。朵姨沒有檢查是否每個人都有遵守她的指示（但大家都有！），就快步走往食堂大門。一路上，所有不幸擋住她去路的人都會快速閃開，並且禮貌地說：「很抱歉，朵姨！」

一回到長廊庭院，朵姨就招手要大家靠過去。「長廊將工廠內部各個區域隔開。南側是宿舍和生活空間——房間、食堂、醫務室、廚房、浴室——也就是生活區域。」她指著他們所站著的長廊區域。「東側是行政辦公室和圖書館。西側是馬廄、儲藏間和工作坊，北側則會通到工廠本身。」

瑪拉跟著朵姨的話語不停地轉動身子，在有著豐富植物和樹木的庭院中央不停搜索著，然後才意識到自己的行為，但幸好每個人都這樣。

「那我們就從這裡開始吧，好嗎？」朵姨咯咯笑著。

不久之後，他們爬上一段蜿蜒的階梯，魚貫走過一扇看起來很普通，瑪拉覺得很無趣的門。但門後的景象讓她驚呼了出來。這是一間有著挑高拱形天花板的大房間，房間盡頭有一扇巨大的橢圓形窗戶，佔據了整個空間。從窗戶能看到工廠外的土地又是另一幅壯觀的景象，讓瑪拉想到奎爾先生店裡那幅老舊的雲朵圖畫，但這裡的雲會動，鳥兒們翱翔而過。瑪拉的心猛地一跳，幾乎沒聽清楚朵姨悄聲說著的那些話，只有聽到結尾的部分，「……這裡便構成了眼窗。」

除了巨大的窗子外，房裡還有形狀、大小各不相同的書桌。有些擺著大大的地圖和圖表，還有更多是從天花板上懸吊下來。另一面牆完全被一張地圖覆蓋了，瑪拉很確定這是整個布靈德國的地圖。東起沙海，西至大峽谷。整個國家在眼前延展開來。她的目光立刻掃向遙遠東邊的沙海畔凋零鎮。她好想回家。

書桌邊坐著工廠員工，全都只比瑪拉年長一些，其中很多人都戴著配有麥克風的耳機，耳機線插在無線電收發機上。他們與另一頭的人不停地交談著，其他員工則振筆疾書和遞送文件。

「這裡是我們監測所有區域雲層覆蓋狀況的地方——白雲谷，同時我們也在這裡接收整個布靈德國雲朵運送的資訊和最新消息。」

他們走向眼窗，那裡有位年長的男人——房裡唯一的另一位成年人——正透過金屬框架上一系列奇特的雙筒望遠鏡進行觀察。他先從一組望遠鏡看，然後移向另外一組，並檢查著手中的筆記本，時不時還會對著一名年輕侍從嘀嘀咕咕。

「巴納庫斯。」朵姨叫喚，但男人好像沒有聽到或注意到。

她又試了一次，這次比較大聲。「巴納庫斯！」

這次他很快轉過頭來，驚訝地發現朵姨和一群年輕學徒站在那裡。

「噢，朵希拉呀，真高興見到你。還有這麼多小學徒……啊，又再當一次學徒了，是吧？」

朵姨揚起了眉毛，但依然熱情地笑著。

「我也很高興見到你，巴納庫斯。你能解釋一下你們在眼窗做什麼呢？」

「噢，好啊，當然。」巴納庫斯若有所思地抓著鬍鬚。「是這樣的，孩子們，我負責眼窗的運作——這裡是雲朵工廠的中樞神經，你們可以當作是整座工廠最關鍵的部門。我們監督離開工廠的雲朵，接收整個布靈德國的交付確認訊息，以及降雨的時長。噢，就像這樣。」

控制台附近的一個男孩舉起手，他手中拿著一張紙。他戴著耳機，耳機線插入某個機器，桌上是操控面板。

「巴納庫斯侍從，先生。」男孩喊道。

「怎麼了，西羅？」巴納庫斯對學徒們笑了笑，然後轉頭。

這一切彷彿都是為了學徒們而上演。就像為一齣戲精心排練一個場景。

「已確認在α-α 7區、4C子區執行降雨。」男孩這麼喊道。

「時長呢？」巴納庫斯問，目光沒有從學徒們身上移開。

男孩稍微將手舉到耳機邊，嘀咕了幾句後才又抬頭看向侍從說：「已持續三十分鐘，還沒有結束，先生。」

「很好，很好。」巴納庫斯這麼說，轉頭看向那個男孩。「那α-β 1區、11B子區呢？有持續降雨嗎？」

男孩轉回面板，輕按一些開關又轉動一些旋鈕。「正在確認……噢……降雨在一小時前結束了，先生。」

「可惜了。」侍從這麼說。「但這仍然是破紀錄的降雨時長。四小時又三十七秒。你能想像嗎！」

下了四小時的雨？他真的是這麼說的嗎……怎麼可能？瑪拉心想。

「正如你們所看到的，我們監控雲塔的輸出，還有當地雲朵的覆蓋狀況。」他再次指向寬闊的眼窗。「每當需要發送更多雲朵，我就會根據需求分配更多雲出去。」

「如果有收到錢的話。」克雷絲塔在瑪拉耳邊低語。

巴納庫斯繼續。「從這裡，我們可以看到白雲谷的另一邊——你們或許能看見地平線上正是距離最近的城鎮巴恩利。」他一手掃過寬闊的窗戶。「而且我們也可以控制國土的平衡。」

「那是只有你這麼想！」克雷絲塔這次說得比較大聲，瑪拉嚇了一跳。瑪拉發現巴納庫斯侍從瑟縮了一下，稍微轉頭看向她們這邊。

「你會惹上麻煩的！」瑪拉低聲說。

「你不覺得這一切都很糟糕嗎，這整個安排。他們任由我們苦苦掙扎，拚命湊錢和農作物購買一季比一季更小的雲朵，還是只有我們杜丹是這樣？」

瑪拉不能說克雷絲塔是錯的。但就在這時，巴納庫斯侍從轉過頭來瞪了她們一眼，所以兩個人都不敢再說話了。

「好的，我想是時候前往下一站了。祝你有個美好的一天呀，巴納庫斯！」朵姨興高采烈地說。眾人離開時，瑪拉不禁注意到老侍從仔細打量克雷絲塔的方式。

第八章

抽取雲朵

「現在呢，這裡是所有東西的匯集之處——最令人振奮的地方。」打開下一個房門時，朵姨如此宣布。「這裡是派送廳。」

他們正站在寬廣的大廳內，整座空間沐浴在由高處窗戶和幾乎完全由玻璃製成的天花板灑下的光線中。透過它，瑪拉看見更多滾動的雲朵在頭頂上翻騰，她再次被這景象分散了注意力。

地面上，雲朵馬車來來往往，侍從和派送員忙裡忙外的。幾名工作人員坐在偌大房間邊緣的高座上，觀察著一切並發出指令。

「兩朵陽光雲送到大沃林漢！」

「有人照顧那朵微風雲嗎？」

「把希丁頓馬車弄出去，拜託。它早該上路了！」

混亂與秩序似乎同時存在。侍從們快步行動，將飽滿的雲朵放進輕薄透明、閃閃發光的大袋子內，這袋子顯然是有魔法驅動，魔力正透過某種材質閃閃發光、嗡嗡作響。

「可憐的東西。」克雷絲塔悄悄對瑪拉說。「被困在那些網子裡。」

「那是網子嗎？」瑪拉問。它們看起來完全不像瑪拉見過的任何一種網子。

「雲網。」克雷絲塔陰沉地回答。

瑪拉面向她。「你覺得它們介意嗎？你覺得雲朵感覺得到自己在網子裡嗎？」

她想起幾個禮拜前那朵被戳弄強迫降雨的黃雲。

「有些人認為它們能感知到所有事情。」克雷絲塔戒備地回答。

大夥繼續看著被裝進網子裡的雲朵，看著它們被裝上等在一旁的雲朵馬車，網子在他們運出大門前鬆脫了，瑪拉猜想，這些網子是掛在準備前往布靈德各地運送貨物的馬匹身上。

「那上面有什麼？」克雷絲塔指向最上方環繞整個大廳的露台。上頭有幾扇門，門邊有侍從在巡邏，顯然是在看守那裡。

「那裡是你們藏金子的地方嗎？」一個沙色頭髮的男孩笑道。

朵姨嘆了口氣，隨後笑了出來。瑪拉猜測她被學徒們問過很多次這個問題了。

「上層設有通往雲塔的入口，也是儲藏女王雲和抽取室的所在地。」她不帶感情地就事論事，但隨即又用興奮的語氣補充道：「你們想看嗎？」

贊同的聲音紛紛響起。瑪拉困惑地看著朵姨。他們真的要展示被運送出去的雲是怎麼形成的嗎？她還以為那是有史以來最高的機密呢！這不可能是菜鳥們第一天就能看到的東西。

「你們將會看見一切真相，以及他們到底有多殘忍。」大夥列隊沿著歪曲的金屬樓梯上樓時，克雷絲塔氣憤地說。

片刻之後，他們站在一扇樸素的門外面。

「現在，在我們進去之前，請記住這裡是抽取室。」朵姨小聲地說，但語氣讓瑪拉覺得她絕對是認真的。「這是整座工廠建築群中最精緻、最重要的房間之一。

O2
001
002
003
004

你們**不能碰觸任何東西**，必須遠離所有儀器，且只有經過允准才能說話。」說這話時，她直直地看著克雷絲塔。「都明白了嗎？」

學徒們點點頭，接著穿過大門，進到一間明亮的磁磚房，看起來很像富田博士在凋零鎮的辦公室。房間被一扇大窗戶隔成兩邊，窗戶對面站著幾名身穿白色長袍、戴著頭巾、面罩和手套的侍從。他們推著一個帶輪子的金屬玻璃容器，上頭滿是栓鎖和鎖頭，側面還有個小窗子，透過它，瑪拉看見了裡頭的蓬鬆白雲。這朵雲被非常緩慢地輸送進另一個巨大金屬箱，箱子幾乎佔滿了他們那一側房間中央位置。這個更大的容器上覆滿了按鈕、旋鈕和輪子，此外還有三個玻璃管子從頂部延伸而出。

一位高大的女士監督著這一切，她有一頭銀髮，扎起的兩條粗辮子垂過肩膀，幾乎到了腰際。她整個人稜角分明，和圓潤柔軟的朵姨截然不同。

「這位是資深侍從蒂爾馬督察。」朵姨小聲說道。

「請保持安靜，這是一個很精細的操作過程。」資深侍從蒂爾馬督察指著窗戶另一邊的容器。穿著長袍的侍從們首先透過小小的觀察窗檢查雲朵，接著將其推進主要的箱子內。侍從們活躍了起來，啟動開關、按下按鈕、轉動旋鈕，有個人甚至拉下一條插入更大箱子的彈簧電纜。在他們工作的同時，磁磚房裡的燈光閃爍起來，好像隨時會熄滅一樣。資深侍從蒂爾馬督察看上去毫不擔心，但瑪拉卻瑟縮了一下。

每一次的調整，都伴隨著蒂爾馬喉嚨裡發出的一絲細微、心滿意足的喉音。

「輸送手推車已經連接到抽取缸了。」一朵姨低聲說道。

窗戶另一邊傳來某個訊號。蒂爾馬走到她左邊牆上的一塊面板前，非常緩慢地轉動兩個旋鈕。

燈光再次閃爍，瑪拉似乎聽到了某個聲響，或者說她感受到了某種震動。這種感覺越來越強烈，一瞬間，瑪拉用手摀住了耳朵、閉上了眼睛。聲音彷彿竄遍了她的全身。

然後就消失了。

「你還好嗎？」克雷絲塔問，抓著瑪拉的手臂。「你臉色好奇怪。你吃了那些里拉芹菜了嗎？」

瑪拉將她甩開，說道：「我沒事。」但她確實感覺有些不對勁。

抽取缸的窗口透出一絲閃爍的光芒，隨後發出了彷彿如釋重負的嘆息聲，接著每個玻璃管中都充滿了小小的雲，比瑪拉的手掌還要小。

「很詭異對不對？」克雷絲塔說。「那樣切割雲朵。」

「什麼？」瑪拉轉過去看她。**切割？**

「那個抽取缸——它從女王雲身上切下碎片。」

玻璃管內的完全不是迷你雲朵，而是從女王雲上割下的碎片！

瑪拉用力吞嚥了一下。

「這些雲朵碎片是從大容器內的女王雲中抽離出來的。」蒂爾馬解釋。「你們只能從女王雲上抽取。它們是我們最珍貴的商品，被鎖起來以策安全——全天候二十六小時都由受過特殊訓練的雲朵侍從負責看守。抽取過程快速且無痛——完全不會造成雲朵的痛苦。」

「都給她說。」克雷絲塔嘟囔道。「我倒要看看她願不願意在抽取缸裡泡個五分鐘。」

房間的另一邊，三名侍從趕緊上前拆下裝有雲碎片的玻璃管，接著魚貫離開房間。蒂爾馬繼續說道：「抽取的碎片會被帶到雲塔進行培育——大約需要三個月時間才會成熟，然後它們就會透過雲塔離開，或者被帶到需要雲朵的偏遠居住地。」

「哪裡不需要雲呢？」克雷絲塔問。

「不好意思？」資深侍從蒂爾馬督察直直聳立在他們面前，明亮的雙眼緊盯著克雷絲塔。「你剛才說什麼？」

「我說，不是所有地方都需要雲朵嗎？」

「夠了。」朵姨舉步上前。但蒂爾馬舉起手，朵姨便安靜了。

「這裡所有人都有發表意見的自由，朵姨。請繼續說。」如果今天換作是瑪拉提問，蒂爾馬緊盯著克雷絲塔的那種眼神，肯定會讓她哭出來。「每個地方都需要雲，但它們卻沒有去到最需要它們的地方，對吧？它們只去那些買得起它們的地區。」克雷絲塔仰起頭，正面迎接蒂爾馬的凝視。「等你用那些可怕的機器折磨完它們，接著就是被那樣處理！」

「你竟敢！你竟敢這樣說我！我是資深侍從督察，不容你以這種方式對我說話！」

「蒂爾馬，她還小——可能是因為旅途勞累……」朵姨試著打圓場，但沒有用。

「難道你沒有想到，她很有可能是來自東部貧瘠之地的危險天氣激進份子嗎？」蒂爾馬現在對著朵姨直接說。「她看起來很像來自古老的沿海家族。」她輕蔑地說，轉身面對等在門邊的兩名侍從。「立刻將她趕出工廠。」

「蒂爾馬，拜託——」

「**馬上**。」

其他侍從走上前時，克雷絲塔猛地轉身抓住瑪拉，緊緊抱著她。「事情不必如此。」被拉走前，她很快地低聲說道。「可以有所改變的！」

她沒有掙扎，雙眼緊盯著瑪拉，直到完全消失在她的視線中。

一切發生地太快了，瑪拉難以相信。

「我假設，且希望她沒有同夥。」蒂爾馬掃視著剩下的學徒。「這群人裡沒有其他激進分子，想高高在上指責我們所有人毀了布靈德國了吧？」

沒有人出聲。

朵姨看起來非常激動。

瑪拉很想捍衛克雷絲塔，但她必須避免麻煩才行。

蒂爾馬繼續，「你們記著，正是我們在雲朵工廠內生產的雲，才能為布靈德國和鄰國帶來生機。少了雲朵工廠，生活就……一切都完了。」

瑪拉的視線離不開已經關上的大門。她感覺很糟，因為自己沒有為克雷絲塔挺身而出。老伯恩和皮波蒂鎮長若看到她袖手旁觀，一定會很震驚。

淚水刺痛了她的雙眼。她伸手進口袋找手帕，但發現一個之前沒有的東西。那東西不大——能被握在掌心上，感覺像是一張卡片。但瑪拉還來不及查看，蒂爾馬又接著說下去了。

「現在回歸正事吧，好嗎？」蒂爾馬指著窗戶另一邊。另一個雲推車被推進來，但侍從將雲放進抽取缸時，好像遇到了什麼麻煩。推車的門開著，另一名侍從正用一根棍子——跟瑪拉在凋零鎮看到的棍子一樣——促使雲朵離開推車。

雲朵現身時，明顯不太對勁。

那雲很稀疏，而且是灰色的。

它開始擺動，或者可以說是在掙扎。

蒂爾馬轉回身旁的面板前，對著一個小麥克風說話——她的聲音從壁掛式喇叭中傳出。「快把另一朵女王雲帶出來，你們這些蠢蛋！」

她又轉而面向學徒，此刻侍從們正忙著和那朵灰雲及推車搏鬥，推車現在也跟著搖晃不止。「女王們不喜歡距離彼此太近。」蒂爾馬解釋。「這就是它們一直被分開的原因——我們相信在大自然中，女王雲會爭奪領地，對彼此造成嚴重傷害……有時甚至會吞噬對手。」蒂爾馬似乎對這個可怕的真相感到興奮。

終於，侍從們看似讓一切都回到掌控之中。他們將新的雲朵小心地放入抽取缸中，抽取過程再次開始。

但這次，當旋鈕和開關再次啟動和旋轉後，只有一根玻璃管裡有東西。那是一塊非常小的雲朵碎片。蒼白、幾乎透明，其實更像是薄霧。

「噢，別又來了！」蒂爾馬呻吟著。「這是本月第三次抽取失敗了。拜託把它帶去恢復正常。」

其中一名侍從不得不用棍子將女王雲從抽取缸中取出。雲朵出來後，另一位侍從拿著一張閃爍著微光的網子走過來。雲朵看起來很恐懼，逃竄到了房間另一頭，最後撞到了瑪拉面前的窗戶，發出一種蓬鬆的撲擊聲。

噁心的感覺再次襲來，頭暈、悲傷。為什麼會這樣呢？是因為吃了什麼東西，還是克雷絲塔的騷動引起，又或是因為這朵雲看起來正在試圖逃跑？

「我需要透透氣。」瑪拉急促含糊地說，突然間好想離開，離開抽取室。她衝出大門，學徒們全都因關心而發出好奇的聲響。

她被眼前的景象弄得心煩意亂、不知所措，沒有注意到有個男孩——根據他的長袍，他應該是一位年輕的侍從——正從反方向走來，他們迎面相撞，額頭撞在了鼻樑上。

「**哎喲！**」

瑪拉抬頭看向男孩。他那烏黑的頭髮看起來翹得很滑稽，像是被狂風吹開來一樣。他有著像是凋零鎮天空的明亮藍眼睛。

「很抱歉……」瑪拉先開口。

男孩滿臉通紅，他彎下腰撿起他們相撞時掉落的東西。「噢不，是我的錯，」

他謹慎地回應，沒有看著她的眼睛。「我沒有看路。噢——你是新來的學徒吧？」

「嗯，沒錯。」瑪拉尷尬又慌張。

男孩的目光越過瑪拉，看向她剛剛離開的大門。「我討厭那個地方。」他和善地輕聲說道。「第一次進去時，我渾身上下都很不舒服。」

聽到他如此坦誠，瑪拉忍不住笑了。知道這點，讓她感覺好了一些。

男孩伸出手。「我是伊——」

「你們兩個為什麼在走廊閒晃？」一陣尖銳的聲音傳來。瑪拉回頭後心中一沉，是那個派送雲朵到凋零鎮討厭的女孩侍從，伊薇什麼的。瑪拉趕緊撥一撥頭髮，讓髮絲遮住臉，並向上天祈禱伊薇不會認出或記得她。

「我以為你是要去長官辦公室。」伊薇責備男孩。

「是的，我正要去——但是，嗯，你的雲有點問題。」他的臉更紅了，看了一眼瑪拉，隨即又別過頭。

瑪拉站在兩人中間，覺得無比尷尬。

「噢，饒了我吧，放進網子裡哪有這麼難啊？還是我要自己動手？」

她的話聽起來像是威脅。

「噢，不不不。我可以的。只是看看你有沒有什麼建議，就這樣。」

「啊，你站在這裡幹嘛？」伊薇將她的怨恨轉向了瑪拉。

謝天謝地，這時抽取室的門打開了，朵姨容光煥發地站在那裡。伊薇瞪了男孩一眼，他在沒被人看見之前就迅速溜走了。「親愛的伊薇，好久不見呀。忙著和派送員工作嗎？聽說還有雲朵侍從。幸運的女孩……這麼多任務。」

瑪拉覺得朵姨的話聽起來不太真誠。

「是的，朵姨。」伊薇回應。

朵姨發出一個不滿的聲響，上下打量著伊薇，然後說道：「嗯，我需要帶這些可憐的學徒去吃午餐了——早餐後我們都沒有休息。不能整天站在走廊聊天了，恕我失陪囉。」

她舉步向前，逼得伊薇只能緊貼牆壁，讓朵姨和一列學徒們通過。瑪拉接續在隊伍末端——離開抽取室真是鬆了一口氣……還有遠離伊薇。

第九章

午夜時分

一整天參觀工廠內各種部門，又吃了一頓瑪拉覺得在凋零鎮算是盛宴的餐點之後，學徒們全被帶往小小的宿舍，裡頭擺滿了舒適的床鋪。每張床上都有一疊折得整整齊齊的睡衣，還有一件瑪拉猜是學徒袍的服裝。

「如果想要的話，你們的私人衣物會被清洗乾淨然後送回來。把它們放在床尾就可以了。」朵姨說明。「頭幾個晚上你們睡在這裡，之後會搬到其他間宿舍，取決於你們被分配到的任務，或是你們在工廠裡的哪個部門工作。房間那頭有間浴室，若有需要更多食物和飲料，請儘管開口，我就在隔壁的房裡。」她輕柔地繼續說道，最後向大夥道晚安，邊離開邊哼著歌。

瑪拉本以為房裡會爆出一陣熱烈的交談聲，但大家顯然都和她一樣累壞了。因此，三三兩兩小聲交談幾分鐘後，大多數人就走進浴室換衣服，然後直接上床睡覺了。

瑪拉終於走進浴室，看見裡面沒有別人而鬆了一口氣，因為換衣服時不會有人看見躲在外套裡的飛吉特。她很快給小松鼠一些塞在背包裡的食物。她快速看了眼小刀和管子，還有一小枝迷迭香，這些全被包裹在一條方巾裡，盡可能藏得好好的。她顫抖著深呼吸一口氣，關上背包，走到水龍頭前讓飛吉特好好喝個水。她將他重新包裹在衣服內，然後穿上新睡衣。這是一套柔軟的長袍和寬鬆的褲子，全都非常舒適。正當要走出浴室時，她想起口袋裡的東西。她在衣服堆裡翻找著，終於找到了它。打開來後，她確信自己的心跳都要停了。這張堅硬的長方形卡片上，印有一張照片。照片底部是一片薄薄的土地，上方是佈滿雲彩、生意盎然的天空。雲朵看起來像是被充氣過，好似被一雙大手揉捏形塑而成。雖然卡片很小，但瑪拉卻能感受到照片景象中的遼闊。底下的角落還寫有一些字，雖然已經褪色且磨損了，但依舊能夠識別出來，文字差不多是這樣：

歡迎來到海邊的凋零鎮！

飛吉特突然躁動地看向門口，瑪拉迅速將卡片塞進包裡，小松鼠則一溜煙鑽進睡衣底下。

當她躡手躡腳走進房間，經過那些正在排隊等浴室的人時，大多數的人都已經睡著了，或是小聲地和隔壁床的人聊天。燈光不知何時暗了下來。

瑪拉躺在床上，將棉被拉到下巴底下，接著閉上雙眼，任由這瘋狂的一天在她腦海中翻騰。她好累，但思緒卻急速飛馳，想到透過眼窗看到佈滿雲朵的廣袤天際；又想到抽取室，裡頭奇怪的機器和病懨懨的雲朵。或許抽取室——很可怕沒錯——就是能取得雲朵帶回給老伯恩的最佳地點？但克雷絲塔說過，雲朵感知得到自身的遭遇。倘若真是這樣，瑪拉真的忍心去切割雲朵嗎？或許一小片已經被切下來的雲會比較好？這些想法在她腦袋裡盤旋了好幾個小時，她本來以為自己永遠無法入睡，但不知在何時，瑪拉沉沉地睡去了。

她夢到家。夢到凋零鎮塵土飛揚的狹窄道路、小巷和街道。夢到老伯恩和皮波蒂鎮長。還夢到了天空中滾動著厚實的雲朵。

下一刻，她感覺到飛吉特在她耳邊悄聲說話，並用涼爽柔軟的鼻子磨蹭她的臉頰。「好。」她咕噥道。「我知道了，我要起床了，飛吉特。」

其他人都還沒醒。宿舍一片寂靜，黑暗中只有浴室門旁的一盞燈透出亮光。唯一的聲響是輕柔的鼾聲，還有學徒們在睡夢中翻身的動靜。

瑪拉迅速將自己的衣服套在睡衣外層，拿起背包將雲罐子固定在外面，並將刀子放進口袋以便隨時拿取。接著她躡手躡腳走向房門口。

在漫長的參觀行程裡，工廠走廊上沒有看到任何守衛，但要是他們安排了夜班的守衛，特別看管學徒們呢？要是被看到，或是被攔下來該怎麼說？躊躇之際，她在距離門邊幾步的地方停下腳步。飛吉特在她耳邊低語。「對，我知道——可能有人在看守。但事情發生了再擔心吧。好嗎？」重振旗鼓後，她拉開門，踏入了另一頭的走廊。

沒有守衛。

到處都沒有。

感謝上天！

朵姨這趟隨興的參觀之旅，一直深深烙印在她心中，幾分鐘後，瑪拉就找到回派送廳的路……此時依舊安靜、漆黑。朦朧月光穿透雲層從玻璃屋頂照射進來，一列列空蕩蕩的雲朵馬車，在那裡等待每個早晨第一批派送的雲朵。她憑記憶來到通往抽取室的走廊入口。有一瞬間，她以為門鎖住了，結果只是比其它門稍微重了一點，用力一推就開了。

走廊一片漆黑，天花板上的天窗依舊星光熠熠。在黑暗中摸索了一會兒後，瑪拉的眼睛適應了，她意識到有一些光芒從走廊兩側門板上的窗戶透出來——早些時候日光灑滿走廊時，她沒有注意到這些光線。那是一絲柔和、飄忽的光輝，很像瑪拉閉眼入睡時偶爾會看到的那種彩色小氣泡。

她沿著走廊走了太遠，完全錯過了抽取室。

瑪拉停在下一扇門前，這扇門緊緊鎖著。她只看得到門把上的三個鑰匙孔，還有寫著「藍女王」的門牌。她透過鑲嵌在門上的圓形窗戶往裡頭看，看到了一幅最美麗的景象——一個她不敢相信但令她重新燃起希望的景象。有一朵蓬鬆、灰藍色的大大雲朵飄浮在房間中央。這裡就是存放女王雲的地方。

對面的門上貼著「櫻草花女王」的牌子。透過窗戶，瑪拉看見一朵幾乎佔據整個空間的巨大雲朵。它散發出柔和的奶油色黃光。

「搞不好繼續往前走，我們就能再次找到抽取室了？」瑪拉對著飛吉特說，小松鼠正跟瑪拉一樣，透過高高的窗戶好奇地凝視，並對著每一朵女王雲發出溫和的咕嚕聲。

還有好幾扇門，裡頭盡是各種女王雲。這條走廊到底有多長，還有多少女王雲被鎖起來呢？

下一扇門寫著「瑪瑙雲——廢棄」，用門禁森嚴還不足以形容這扇門；扣環和夾鎖——金屬製而非木頭的——被螺絲拴在好幾個位置，圓形的窗戶只比瑪拉的手掌大一點。她踮起腳尖往內一瞥，卻只看見一團深邃的黑暗正在湧動。

這扇門，以及潛伏在它背後的東西，令瑪拉無比焦慮……無比害怕。彷彿裡頭的黑暗——瑪拉感覺這是她一生中見過最深沉的幽暗——也正在凝視著她。飛吉特顫抖著跳下去，快速遠離門邊……瑪拉不怪他。

她也退了開來，正當她喘口氣沿著走廊回望時，看見門打開了，兩個人影走了進來。瑪拉和飛吉特盡全力沿著長廊飛奔，她祈求上帝千萬別讓他們被看見，並且希望能盡快找到藏身處。在狂奔的同時，她試了好幾扇門，但全都緊緊鎖著。直到最後，她推開了一個向內敞開的門板。

這間房間有個大大的窗戶，在月光的照映下勉強能讓人看清楚。這裡看起來像是正在進行裝修，到處都是梯子和工具。房間一側有一張大工作台，部分覆蓋著防塵布。太幸運了！瑪拉腦中才剛閃現想躲在底下的念頭，飛吉特就已經衝往防塵布下方了。

但顯然今天不是她的幸運日，片刻之後，那兩個身影從走廊進入房間。防塵布穩穩地將瑪拉遮掩起來。這是一塊破爛的舊布，上面還有幾個孔洞能讓人往外偷看，瑪拉隱約窺見進來的那兩個人中間拖著一朵不情願的雲。

第十章

女王雲

瑪拉一手摀住嘴巴，以免驚呼出聲。那朵雲試圖逃跑，但禁錮住它的東西——她猜是雲網——將它牢牢鎖在兩人中間。瑪拉繼續觀察，驚訝地發現其中一人竟是伊薇．班布里居。

「這是最近一次收到的錢。」伊薇說，把一個大袋子扔給背對著瑪拉的另一人。「東哈斯蘭、蒙地、弗洛瑟姆還有凋零鎮已經訂購了更多的雲，大約是六個禮拜的量。」

聽到凋零鎮，瑪拉伸手握住了迷迭香梗。

「看來讓他們以為是官方出廠的雲朵價格飆漲，能讓他們樂意出更多錢跟我們購買——他們還以為自己撿到便宜了！就算那些雲的功效不及官方正品雲的一半。」

他們在賣非法切割的雲？他們是這樣說的嗎？

這就是為什麼最近的雲朵看起來都病懨懨的？

「有任何問題嗎？」另一人開口——他的聲音粗啞又冰冷。

「沒有。嗯，只是凋零鎮鎮長在插手干涉，和史克朗普先生打交道容易多了，就跟你說的一樣。」

瑪拉嚇得差點往後倒。史克朗普先生知道事情的真相？這就是那天他收下零錢袋的原因？

另一人拿起錢袋，然後收了起來，手指著地上的雲。「來吧，趕緊上工。」

瑪拉看著伊薇俯身靠向雲朵。「我們一定要現在做嗎？大家都快起床了！」她埋怨道。

他們在做什麼？

「我們庫存已經不夠了，我可不想再回抽取室偷東西。再過幾個月，我就有足夠的錢能永遠離開這個地方。我受夠了，年復一年承諾說會變得更好，而我到底得到了什麼？一無所獲！」

歷經一番笨拙的動作，一個堅硬而明亮的東西噹啷掉到了伊薇腳邊。雲朵內的光芒被那個又小又亮的東西反射到了整個房間裡。

是某種刀片？

瑪拉的心愧疚地砰砰直跳。

但不是，那不是刀片——是剪刀！伊薇伸手撿起時，光芒閃現在兩片刀刃之間。

「我從沒做過這件事。」她的語音打顫。

有好幾次，瑪拉以為伊薇會將剪刀還回去。她無法轉移目光。她既恐懼又著迷，罪惡感幾乎將她束縛在原地，而那把藏在背包裡的刀，也突然間快將她壓垮了。

他們上下揮舞著剪刀，瑪拉再次看見刀片閃出的光芒，接著房裡的牆壁似乎全朝她推了過來，擠壓著她，帶走所有的空氣。

這和她在抽取室裡的感覺極為相似——頭暈目眩，彷彿要吐了一樣。但這次比那次還要難受一百倍。

瑪拉倒在地板上，頭暈的感覺漸漸消退，淚水開始流淌。這股悲傷如此強烈又原始，像是砂礫在她身上翻騰跳動，刺痛且扎人！這是怎麼回事？為什麼會有如此感受？飛吉特蜷縮在一旁，發出撫慰的聲音，並輕柔地舔舐她的臉頰。

接著瑪拉聽見一道震耳的鈴聲。

「我之後再處理這朵雲。」兩人離開房間時，伊薇說道。「沒用的東西。反正她也快報廢了。好幾個月都沒有降過雨。她很快就會被拿去餵瑪瑙女王了。」

瑪拉聽見關門聲，房間再次陷入寂靜。

幾分鐘過後，她感覺好一點了，也開始擔心隨時會被發現。她爬出工作台站起身，一邊拍掉在地上沾染到的灰塵。

現在，瑪拉能好好看一看房間了。房間很大，所有東西都被粉刷成白色或是正在刷成白色的過程中。牆壁和天花板，甚至是地板，全都是閃亮的白色。兩扇大大的拱形窗戶在瑪拉左邊的牆上，透過它，可以瞥見外頭的白雲谷。轉身回到門口時，她看見了最傷心的景象。可憐的女王雲躺在地板，一旁就是廢棄的雲網。

瑪拉知道自己總有一天會近距離看到雲朵——畢竟，這是她過去四個禮拜一直在思量的事情，也是她撒謊進入雲朵工廠的原因。但現在，她獨自一人面對真正的雲，感覺卻和她預期的迥然不同。她在凋零鎮看到的雲，總是離開馬車後一兩個小時就消失了，而那些在抽取室看到的，也只是透過窗戶稍微瞥見。

這朵雲一動也不動。她死了嗎？雲會死嗎？如果會，瑪拉可不想被發現待在一間有著死掉雲朵的房間內。

「我們走吧，飛吉特。」她很快地說，但飛吉特跑到雲朵旁邊嗅聞著。這讓雲微微動了一下，飄到距離地板幾公分的位置。雖然很小，但這朵雲厚實、豐盈、潔白無瑕，在雲的中心和邊緣是柔和的淺粉紅色——很像奎爾先生舊貨舖裡的貝殼，據說那些貝殼來自「大變遷」之前古老的海洋。

瑪拉朝雲朵邁出一小步。雲朵竟然朝她飄了過來！

「真是……奇怪。」瑪拉對飛吉特說，而飛吉特這次居然沒發出半點聲音，只是靜靜地看著一切。

現在，瑪拉和雲朵彼此只相距幾公分了，近到她能感覺有某種東西從雲朵身上傳來，那是一股微弱的流動，彷若清風呢喃。就像是敞開的烤箱裡傳出熱浪，但一點兒也感受不到熱力或冰冷。瑪拉深感著迷，好奇地伸出手碰觸雲朵。她本來以為會穿透白雲，畢竟雲不過是一團空氣、光線和水珠，不是嗎？然而，瑪拉站在這寬敞的房間裡，手裡握著一朵雲。那觸感絲滑柔順、飄忽移動、融於掌心。

女王雲突然在半空中翻騰滾動，彷彿是因為察覺到瑪拉在房間裡而感到很興奮。

這有可能嗎？

瑪拉確信自己能看見伊薇用剪刀割在雲朵身上的痕跡，愧疚感再次襲來。

瑪拉到底在想什麼啊？這幫不了老伯恩的。或許她應該去找朵姨或是其中一位資深侍從，請求他們的協助？但這樣一來，她會惹上大麻煩，而且如果被鎖在工廠地牢裡，就更不可能幫得了老伯恩了，假設真有地牢的話？不能再拖下去了，必須快點執行此行的目的。

儘管罪惡感壓得她喘不過氣，瑪拉依舊用空出的手從背包裡拿出刀子。

「真的很抱歉。」瑪拉說。「但我只需要一小片……用來幫助某個對我非常、非常重要的人。」她嘆了口氣。「我為什麼還要對你說這些呢？你只是一朵雲──根本不可能理解！」淚水刺痛了她的雙眼。

但她還來不及動作，也來不及說下一句話，飛吉特就發出警告聲，接著房門打開了。

第十一章

雲朵侍從

大門砰地一聲撞上牆壁。

瑪拉迅速轉身，看著那個男孩，就是昨天在抽取室外對她相當友善的那個男孩，怒氣沖沖地走進來，一邊低咕著，一邊低聲對著自己的腳喃喃自語。

「是的，伊薇，不是的，伊薇，三輛雲朵馬車都滿了，伊薇！我會把她那隻烏鴉推得遠遠的……」

他用腳把門踢上，在房裡來回踱步，然後又生氣地用掃帚掃地，並一邊抱怨了起來。

瑪拉很驚訝，他竟然沒注意到她在裡面，手裡還握著女王雲。但男孩太專心在咕噥抱怨了——老伯恩說這叫做「發牢騷」——以至於幾乎沒有察覺到四周。

但接著他突然出現在瑪拉旁邊緊盯著她。他的目光直直和她對視著，驚訝地嘴巴張得大大的。

「噢，終於發現了！」瑪拉忍不住說道。

他回望一眼大門，然後又看回瑪拉——試著搞清楚這一切。「你……你在……你在那……你在對那朵雲幹嘛？」

瑪拉鬆開雲朵，本以為她會自己飄走，但小女王雲卻待在她的身邊。

男孩向前衝去，但瑪拉迅速閃開。白雲跟著她，害得男孩被掃帚絆倒摔在了地上。「哎喲！」

瑪拉感到一絲抱歉，但他站起身了，動手整理顯得有點太小的長袍。

「你不是其中一個學徒嗎？昨天你在抽取室外面——等等，你在偷那朵雲嗎？你不是另一個天氣激進分子吧？」

偷雲？她沒有想過要帶走整朵雲，但也許這就是解決辦法。房裡有張雲網，而她也沒有真的否認。且伊薇不是說這朵雲快死了嗎？沒有人會想念她吧？或許她可以把整朵雲帶回凋零鎮，然後奎爾先生能幫助她用不傷害雲朵的方法割下一小片？或者也許有其他辦法。

她得快點思考才行。這男孩看起來是很和善，但工廠裡的小孩又怎會了解在乾旱世界裡生活的現實呢？她需要一條出路，動作要快。搞不好假裝自己是天氣激進分子會有用。

「就算我真的是天氣激進分子，而且真的在偷雲，那又怎麼樣呢？」她故意讓嗓音聽起來堅定又危險，希望這樣能起作用。「你想阻止我嗎，工廠小子？」瑪拉抓起雲網，漫不經心地甩在肩膀上。

「那——那是工廠的資產。」男孩結結巴巴地說，顯然被嚇住了。

雲朵從瑪拉身邊飄向巨大的窗邊，這時瑪拉看見窗戶微微開著。是雲朵在試著幫她嗎？

瑪拉的計畫得繼續進行下去，不能額外增添更多麻煩了。她慢慢朝窗戶移動，希望男孩沒有發現她的意圖。她祈禱對方也沒有看見自己顫抖得多厲害，否則對她危險天氣激進分子的形象沒有好處。

「還有，呃……別想要發出警報或是呼救之類的。去把門鎖上。」

男孩吞了吞口水點點頭，始終沒有把目光從瑪拉和雲身上移開。

「很好，現在你就乖乖地……小子。」瑪拉繼續說，「留在這裡，我會離開的。」

男孩臉色發白。她是不是嚇到他了？她爬上窗台，再將窗子微微打開一些。她掃視著外頭，搜尋脫身後的逃離路線。天空染上了橙色，太陽即將升起。天很快就要亮了，到時就更難逃跑了。

她轉身把雲網覆蓋在女王雲上。

「不能這麼做！」男孩喊道，快步衝到窗戶前。他抓起空下來的雲網帶子，試圖將網子抽出瑪拉的手。

「但我已經這麼做了。」瑪拉回答，並加倍用力把網子拉回來。

「但是你看，這個，呃……這朵女王雲……她會死的。如果……如果你把她帶到外面的話。」

瑪拉回頭看著正拚命爬上窗台的男孩。「什麼？」

他再次吞了口水，沒有迎上瑪拉的目光，手指纏繞在網帶裡。「女王雲需要特別的……咒語、特別的儀式，才能維持生命。」他又拉了一下，這次更用力了。

瑪拉腳步踉蹌，她看向男孩，再看看雲朵。

朵姨導覽時沒有提到這件事。但或許這不是第一天就會告訴學徒的事情？

「一天好幾次，你知道的。」男孩繼續說。「如果沒有執行儀式，雲朵就會……死亡！」

太棒了，這正是她需要知道的。

「呃……沒有儀式和魔法的話，她能活多久？」瑪拉問。也許她能在雲朵變得太虛弱前回到凋零鎮？

男孩似乎對瑪拉的問題感到有些震驚，但他很快回答：「差不多一天……可能吧。最多兩天。」

可惡！她不可能那麼快回到凋零鎮！

她還能做什麼呢？有辦法兩天內回到凋零鎮嗎？不可能。最快能回到家的方法是乘坐公共馬車，但要經過很多站，而且她根本買不起車票。

「讓我看看儀式，拜——」

她的「拜託」還沒說出口就停了下來，然後她怒視著男孩，右手緊緊握拳。

「什麼？」男孩抬頭，目瞪口呆地盯著她。

「教我執行儀式。寫下咒語！」

男孩無奈地聳聳肩。「我辦不到。這是禁忌……是祕密！」

「我看起來像是在乎嗎？」

「嗯……這個……」

「寫下來。全部。按步驟一步步寫下來。」瑪拉下令。

男孩看著她。「你有辦法……我是說……你能看得懂嗎？」他這麼問。

瑪拉生氣地皺眉。「我知道你想幹嘛。」她說。「你想拖延時間，等到有人來幫忙。」

「我是在阻止你偷那朵雲。」男孩回應，再次拉動雲網。

「住手。」瑪拉厲聲說道。

「你才住手！」男孩反擊。

「不，別這樣！」瑪拉怒斥，試圖再次掌控小女王雲。飛吉特開始對著兩人生氣地吱吱叫——明顯覺得自己被冷落了。

瑪拉設法從男孩手中奪走雲網，而他則試圖阻止她，兩人發生了短暫的揪扯。她本來都要帶著雲離開了！

「把雲給我！」瑪拉低聲責備。

「不要。」男孩反抗，又一次把雲網從她手中拉回。

在他們爭執到最激烈時，瑪拉和男孩都沒有注意到門打開了。

「老天，這裡是發生了什麼事？」

伊薇站在門口。

有那麼一瞬間，所有人僅僅是互相盯著對方而已。隨後瑪拉和飛吉特、雲朵以及男孩，全都跌出窗外，墜入空中。

第十二章

逃跑

瑪拉感覺自己的手臂在下墜的瞬間忽然地折向天空，在空中翻騰了幾秒鐘後，接著突然停了下來。從窗邊跌落到這裡的距離至少二十公尺——搞不好更多。她睜開緊閉的雙眼，懷疑自己是否已經到了另一個世界。但是距離地面還有十公尺，離下方沿著建築物前行的石板小路，還有十公尺的高度和空蕩蕩的空氣。

「發……發生什麼事了？」男孩問道。瑪拉回過神來，發現兩人各有一隻手被網子纏住了，她能感受到來自雲網的魔法脈動穿透肌膚。網子和雲朵在他們上方，但原本玫瑰色的小雲朵現在大了兩三倍。雲朵整個鼓脹、膨脹、豐滿起來，像是一顆奇異、蓬鬆、形狀不規則的氣球懸掛在他們之上。飛吉特蜷縮在網子裡。

「噢。」瑪拉鬆了一口氣，幸好他們沒有摔在底下的石板路上。但他們到底是怎麼跌出窗外的？是她拉著男孩一起掉下來的，還是被他推下的？他們兩個都滑倒了嗎？

他們在女王雲的幫助下慢慢飄向地面。

瑪拉抬頭看向高高聳立在他們頭頂的工廠。她看見伊薇探出窗子，不用想也知道她的表情會有多憤怒。她對白烏鴉吹了一聲口哨，緊接著他們就消失在房間內了。

「小心。」男孩指出他們底下的牆壁有一塊石塊凸出來。

瑪拉扭動身體，希望這樣就能遠離石塊。網子內傳來飛吉特憤怒的尖叫聲。值得慶幸的是，瑪拉的扭動足以讓他們避開石塊，就快到地面了。

他們降落在石板路上，兩人都稍微晃了一下。女王雲縮回原本如枕頭的大小，繼續飄浮在兩人旁邊，也依舊被困在網子內。他們落在工廠外牆旁的花園，那面牆又高又寬，距離他們落地處大約三公尺遠。

「要怎麼離開這裡？」瑪拉問。

伊薇肯定發出警報了，或者朵姨會發現她的床是空的，她需要盡快從這裡逃走。

男孩重新振作起來，顯然他跟瑪拉一樣被這段窗外的小旅程嚇壞了。「這邊。」他指示，快速穿過草皮去到門邊的灌木叢中。「從這裡可以抵達南邊的路。」兩人奔跑時他大喊道。

抵達灌木叢時，他們放慢腳步，看到大門是敞開的，瑪拉很是驚訝。「你們這裡的東西都不上鎖嗎？」

「我們不習慣有人偷東西。」男孩不屑地回答，一邊穿過大門，踏上一條狹窄的鵝卵石路。

他們從工廠脫身了，瑪拉短暫地欣賞道路兩邊的田野景色。綠色的作物在月光下搖曳生姿，這是懸崖頂農莊未曾有過的景象。

「好了。那麼，我就帶走這朵雲。」瑪拉小心地說。「如果你能寫下維持她生命力的方法。」她拉了拉手上的肩帶。

「什麼？」男孩問。

「那些咒語什麼的，你會寫給我吧？然後把雲給我，從此分道揚鑣。」

但男孩沒有放開雲網褙帶。「你不能帶走。」他說。

「你到底在乎什麼？反正這朵雲處置到一半就被扔在地上。被那可怕的女孩扔下。」

「什麼？不可能，你撒謊。」

瑪拉盯著他，發現他的眼神充滿了不確定。趁他分心時，瑪拉趁機再拉了一下雲網帶子。

「放手。」她下令。「除非你要跟我們一起走？」

男孩環顧四周，貌似在尋找答案。「我……我要——好，我一起走。只是為了照顧這朵雲，僅此而已。」

「你說什麼？」

他說要幫忙照顧雲朵嗎？為什麼他要如此……幫忙？

「但我們到底要去哪？」男孩問。

「你以為我會告訴你嗎。」瑪拉尖銳地回答。

「算了。」男孩嘟囔著。「但若丟下我，你肯定會後悔的。」他若有所思地看著雲朵。

瑪拉不發一語。如果運氣好的話，在接近凋零鎮前她會想出新的計畫，到時就能甩開這男孩了。

沿著道路離去時，男孩似乎有一刻停頓下來，彷彿以為離開工廠的監視後，自己就會消失不見。

他是某種囚犯嗎？鑒於少有地方上鎖及守衛，應該不太可能。

「你真的不打算告訴我，要把我的雲帶去哪裡嗎？」在一小段尷尬的沉默後，他這麼問。

「你的雲？」瑪拉很驚訝，對於這男孩竟有如此強烈的佔有慾感到意外。

他臉紅了，隨即轉開視線。

瑪拉嘆了一口氣。「我要去最近的城鎮，然後在那裡叫一輛馬車。」這不是真的，但到了城鎮後她會想出下一步該怎麼做。

「巴恩利嗎？」男孩問。

瑪拉很確定自己有一次在凋零鎮圖書館的地圖上看過巴恩利，印象中那裡很靠近白雲谷和工廠。

「對，巴恩利。」瑪拉一邊回答，一邊沿著道路走。

男孩停下腳步，瑪拉也跟著突然停下。「又怎麼了？」她回頭問道。

「巴恩利……是那條路。」男孩說，指著鵝卵石路的反方向。

這條路穿過兩片種滿長長青草的田野，隨風搖曳的青草跟瑪拉的肩膀一樣高。這幅景象在微風中變幻、流動，令人陶醉。雲朵工廠附近存在著許多奇觀，當然也有許多優點——像是源源不斷的雲。

沿著道路繼續前行，他們經過了一大片矩形樹林，一排一排整齊得像是胡蘿蔔。瑪拉猜想，這片林地裡的樹木比她一生中所見過的還要多。在遠處，她看到了另一片樹林，然後又是另一片，一片接著一片。

這根本是另一個世界，瑪拉忍不住猜想，要是凋零鎮及周圍的鄉村變成這樣，那會是什麼景象。她突然感到一股強烈的憤怒，覺得**整個世界都應該要像這樣**，這不公平。

「我們最好快點。」男孩說。「如果想在天黑前抵達巴恩利的話。」

「噢，帶路吧。」瑪拉回答，聲音很緊繃。她假裝咳嗽，但其實是在忍住淚水。

他們繼續在沉默中前進，只有飛吉特偶爾會發出聲響，他會匆匆向前跑去，然後又衝回瑪拉身邊。這時，男孩突然開口說：「對了，我是伊班。」瑪拉嚇了一跳。

「噢，抱歉。你說什麼？」

「伊班。我的名字叫伊班。」他重複一次，雙頰微微泛紅。「你呢？」

「事實上我覺得這不關你的事。」瑪拉這麼說。

「我只是想……嗯，我們會在一起一陣子，所以……」他陷入沉默，看起來很受傷。

他們在尷尬的無聲中又走了一小段路，伊班時不時看向她，瑪拉終於說了，「噢，是瑪拉啦。我的名字叫瑪拉。」

「瑪拉？」男孩驚奇地唸著她的名字，彷彿這輩子第一次聽到。「很高興認識你，瑪拉。」

「嗯，隨便啦。」她快步向前，留下那個叫伊班的男孩獨自站在道路中央。

「那你的松鼠叫什麼名字？」男孩問。

他真的很執著，瑪拉不得不承認。她轉身想叫他別去煩飛吉特，但卻驚訝地發現，這隻小叛徒竟然坐在男孩的手心裡，嘰嘰喳喳開心地說個不停。

她忍不住笑了，並祈禱男孩沒有注意到。飛吉特通常沒這麼快搭理陌生人。「他叫飛吉特，如果你非要知道的話。」

伊班搔搔飛吉特毛茸茸的耳後，松鼠趁機跳到他的手臂上，還繞了脖子和肩膀好幾圈。伊班開心地大聲笑了。

瑪拉轉身繼續走，然後回頭大喊：「他身上有跳蚤！」

他們很快到了一個十字路口。往右邊的道路比較多樹。但這裡沒有路標，瑪拉不知道該往哪走。

「現在走哪邊？」她問伊班。

「你不記得從哪條路來到工廠的嗎？」他這麼問。

「我……其實那並不是我來的路。」除非迫不得已，她沒有必要撒謊，但也不想說出所有細節。「不過我需要從巴恩利回去。」

「回去哪？」

「噢，好問題，但這也不關你的事！總之，最好還是繼續走吧？」瑪拉問。

見他沒有反應，她轉身道：「伊班？」

他回頭盯著工廠。「等等，等一下，」他說，舉起手向前指，「你看。」

瑪拉不能怪他停下腳步，那真是個令人驚嘆的奇景，工廠的四座高塔威嚴地矗立在空中，每隔幾秒就有雲朵翻騰而出。

「看起來確實很美。」她承認。

「不，不是那個！」伊班的手又指了一次，他的手揮舞著，擺出不悅的表情。

瑪拉瞇著眼睛回頭看了一眼，發現滾滾雲海的前方有幾個小小的黑影。那些影子好像是在其中一座高塔頂端盤旋，仿若是在微風中飄揚的黑色碎布。

是某種鳥嗎？住在工廠附近？

「那些是什麼？」瑪拉問。

「派送員。」伊班解釋。「看守送貨馬車的侍從。」

「但他們在飛欸。」瑪拉說。這些年她見過雲朵被送到凋零鎮，但從沒看過派送員飛在天上！大家都是乘坐雲朵馬車或是騎在馬背上。

「他們是飛龍騎士。」伊班說，瑪拉聽得出他語音中的驚異。「他們看守最重要的貨物——最大的雲朵！」

突然間，小小的黑影貌似黑色小石頭一般，沿著塔身墜落。瑪拉倒抽一口氣，只見他們在最後一刻急速往上飛起。他們在空中翱翔，然後各自往不同方向飛去。

伊班抓住她的手臂，將她拉回來。「我覺得最好找點掩護。」

「什麼？為什麼？」瑪拉問。

「飛龍騎士速度很快，視力又好。若被他們發現，我們絕對逃不了。而且我很確定，他們正在找我們了。」有道理。

瑪拉隨著伊班的引導，藏身在樹叢之下，就在此時騎士巨大的黑影從頭頂掠過。伊班說的沒錯，他們在空中速度極快，她還瞥見了一對廣闊的翅膀和一條長長的尾巴。這生物似乎閃閃發光，光芒從牠身上的鱗片反射而出。但瑪拉因為伊班掌控了局面感到惱火，她甩開對方說道：「你為何要幫我？」
伊班將目光對準她，沉吟了片刻後說：「我是為了雲，不是為了你。」
她明白了。

第十三章

早晨

在樹叢的掩護下他們等待著，時間緩慢地流逝了。瑪拉心想這是否是某種精心策畫的計謀，目的是把她扣留在原地，直到工廠的侍從來抓她。

「要是飛龍騎士還在附近，等著我們現身怎麼辦？」她問伊班，緊盯著樹間，搜尋任何有翼生物的蹤跡。一點點微小的聲響都會嚇得她東張西望，她感覺隨時會有派送員從樹後冒出來。

「他們應該已經走了。如果有人在地面上搜尋，我想我們早就被發現了。」伊班解釋。「但我覺得最好等到天亮，那樣我們才能確保自己是安全的。」

這意味著他們會因為躲藏而浪費幾乎整整一天。她真想繼續趕路，但也不想被工廠侍從抓到！瑪拉看著飛吉特，她唯一的盟友，尋求支持，但小松鼠只是聳聳肩、發出一聲咕嚕聲，瑪拉認為他的意思是「順其自然吧！」

安靜片刻後，伊班開口了。「請問我可以喝一點你的水嗎？」他問。

「噢，我沒有水，抱歉。」瑪拉回答，再次試著靠回樹上。她著實沒有好好計畫這一切。

「但那是個水壺吧。」他指著掛在背包上的雲罐。

「不是，這不是水壺。」瑪拉說，並用手牢牢保護著罐子。

伊班笑了，然後輕柔地說：「嗯，那是水壺沒錯——是派送員的水壺，他們旅途中都會帶著。我猜你先是偷了它，然後才偷雲朵對吧？」

一個水壺？這只是一個水壺？根本不是什麼魔法罐子？奎爾先生知道嗎？

「是又怎樣？」瑪拉這麼回應，沒有看著他。她困惑又憤怒，而伊班是現場唯一的受氣包。

他嘆了口氣，朝她伸出手。「看，那裡面有水嗎？」

「沒有，是空的！」瑪拉說，把水壺遞給他。「給你！」

「嗯，看來今晚要渴死了。」伊班說道。

「難道你不需要執行儀式、咒語，或任何需要做的事嗎，工廠小子？」瑪拉問，試圖奪回掌控權。「我們已經離開工廠很久了。」

「噢，對，當然要。」伊班邊說邊站起身。他揉揉雙手、咬著嘴唇。

「別讓我阻擾你了。」瑪拉說。「但我也絕不會放開這朵雲一秒鐘。」為了強調這點，她將網帶抓得更緊了。

雲朵晃動了一下，朝瑪拉的方向飄去，顏色黯淡了些。瑪拉認為這是一個好兆頭，男孩臉紅地支支吾吾，最後才說道：「嗯……嗯。你能不能至少轉過頭去？畢竟這儀式是個機密。」

「好吧。」瑪拉說完，便轉過身去。

一分鐘後，她聽見伊班嗓音低沉地喃喃自語。她微微轉頭，只看見他在雲朵旁邊揮舞著手，閉著眼睛，嘴巴動著，背誦出嗡嗡作響的咒語和魔法。

這聲音出奇地撫慰人心，這是瑪拉漸漸入睡時聽到的最後聲響。

她在第一縷晨光初現之前就醒來了。不知何時，她蜷縮到了雲朵的懷裡，白雲溫暖柔軟，彷彿是世界上最舒適的毯子。伊班和飛吉特也一樣，雲朵、手臂、松鼠全都依偎在一起。瑪拉注意到飛吉特距離伊班比較近，而不是靠向自己，感覺有點難受。她準備移動時，伊班醒了，兩人四目相對。他們都跳了起來，嘀咕著不小心睡著了、地板很不舒服之類的話。在尷尬的靜默中，他們收拾好東西，再次朝著巴恩利前進。伊班帶路，瑪拉緊隨其後，兩人都緊緊抓著雲網，雲朵則是高興地飄浮在兩人中間。他們小心翼翼地在樹叢間移動，檢查道路和天空是否安全無虞，以及有沒有派送員或是飛龍騎士的身影。

低矮的霧氣在大地上蜿蜒而行，這團水霧是墨綠色的，近乎墨黑。瑪拉從沒見過霧氣，這讓道路顯得出奇寧靜。她心裡充滿疑問，但伊班顯然不是個早起的人，他拱起的肩和緊蹙的眉頭告訴瑪拉，她最好還是安靜一會兒。老伯恩也是這樣——他總說人沒必要在太陽露臉之前就起床。

陽光終於探出地平線，把天空染成淡淡的奶油色、金色和粉紅色。空中仍飄著幾朵灰雲。空氣中有一絲寒意，瑪拉慶幸自己有外套和雲朵，白雲身上似乎透出了一股奇特的暖意。

「那裡。」伊班指著前方說。

地平線上那條細長而朦朧的影子，是瑪拉對這座小鎮的第一印象。薄霧模糊了細節，但她能夠辨識出一座教堂，和幾座聳立在平時雜亂無章的屋頂和煙囪之上的建築物。這與他們迄今走過，那些井然有序如花園般的景致截然不同。

伊班繼續前行，但瑪拉停了下來。

「怎麼了？一切都會沒事的。巴恩利是個不錯的小鎮。」伊班說。

「不是那個問題。」瑪拉回答。她看向浮在兩人頭頂上、雲網裡的女王雲。「我們該拿這朵雲怎麼辦？」

「啊！」伊班沉思了一會兒，然後很快說道，「或許我們可以把她偽裝成某個東西……」

瑪拉不敢相信自己的耳朵。「這是我聽過最可笑的事。你要把她裝扮成什麼？一隻綿羊嗎？」

「或者我們其中一人可以和她在這裡等待……喔不，這樣行不通。」

他們陷入深思，然後瑪拉靈光一閃。她不確定這主意能否奏效，但還有什麼選擇呢？「我們可以把她放進背包。」她歡快地說。「很容易裝進去的！」

「什麼？不行。這可是女王雲，她應得到更多尊重。」

「這番話來自雲朵工廠的雲朵侍從還真是荒謬。」瑪拉說。

「這話什麼意思？我把我的雲朵們照顧得很好。」

飛吉特發出焦慮的吱吱聲，瑪拉立刻意識到是車輪移動的聲音。她往回望去，沿著路能看見遠處有一輛馬車。希望駕車的人沒有看見雲朵，但要是動作不快點，麻煩就大了。

瑪拉解開背包扣帶。她露出溫暖的笑容朝雲朵示意，然後指指背包。接著她稍微鬆開了雲網。

「她不可能進去的。」伊班說。「不管是幾億年——」

他突然住口，因為雲朵翻滾著穿過網子的小小開口，直接滾進了瑪拉的背包裡。

「我的老天！」伊班驚呼。

其實瑪拉也不敢相信這招竟然奏效了……但她不打算告訴伊班。

馬匹和一些裝滿貨物的馬車，從他們身邊緩緩經過，越過一座通往巴恩利的橋樑。

「看來今天有市集。」伊班說。「這搞不好是件好事——會比平時更熱鬧，我們就能有多一些掩護了。」

瑪拉環顧四周，懷疑所有經過的人都是工廠派出的間諜，正在尋找偷雲賊。

「跟緊了。」伊班小心地說。「讓我負責交談。那裡有間驛站，馬車通常都從那裡出發，我們去那邊吧。」

瑪拉沒有理由和他爭論，便讓他帶路了。兩人走得很快，但又努力讓步伐看起來並不那麼匆促。儘管如此，瑪拉依舊注意到有些路人投來了好奇的目光，可能是因為伊班精緻的長袍。她猜想，雖然巴恩利是距離雲朵工廠最近的城鎮，但雲朵侍從在街上走來走去，想必也很不尋常。

「早安，年輕人。」一位老紳士靠在花園牆上，在他們經過時打招呼。他朝伊班脫帽致意。

伊班邊走邊舉手回應。

「昨晚我們這兒來了一幫你們的人——是派送員！」老人在他們身後大喊。

值得誇獎的是，伊班完全沒有停頓，也絲毫沒有露出緊張的神情，但瑪拉很確定，所有幾步之內的人都能看得出來她很害怕。

「哦？」伊班轉身，聲音輕快又雀躍。「那我的朋友們旅途還順利嗎？」

花園牆邊的男子似乎思考了一下伊班的問題，然後說道：「順利，順利。聽說所有人都在破曉之前出發了。」

「啊，那真是好消息，謝謝您。」伊班說，兩人繼續前進。經過更多人時，瑪拉注意到他們投來更多好奇的目光。有一小群青少年，可能只比伊班和瑪拉大一點，對兩人非常感興趣，而瑪拉甚至不確定那些人是不是在跟蹤他們。

但她甩開這個念頭。這是個小鎮，大家可能都朝差不多的方向走，不是嗎？

第十四章

搶匪

「我們往喬治區走吧，驛站在那裡。」伊班說。「我們可以在那裡安排馬車，但我不確定要花多少錢——你有多少？」

瑪拉假裝忙著研究路過的房屋和商店，沒有聽到問題。真希望伊班身上有錢——畢竟是他這麼堅持要參與，也應該要幫點忙吧。

「瑪拉？」

她再次忽略他，繼續往前走。但接著伊班伸手搭上她的肩膀，輕輕將她拉住。

「瑪拉！」這次他語氣更加堅決。

她轉身面對他，但無法直視他那緊盯著自己的溫柔雙眼。

過了很久，她才用微弱的聲音說：「我不夠錢坐馬車回家。」說完忍不住低聲啜泣。

終於抬起頭後，看見伊班的表情是困惑大過憤怒，她鬆了一口氣。他正要說些什麼，但瑪拉發現不遠處有一群青少年，似乎在偷聽他們的談話。

「走吧。」瑪拉小聲催促。

他們沿路走更遠一些，拐過下一個轉角，穿過繁忙的街道，但那群人還在身後。

「他們在跟蹤我們。」瑪拉說，兩人繼續朝市集和驛站的方向前進。

伊班回頭一看。「噢。」

他們沒有停下，但還沒搞清楚狀況，那群搶匪就已經追上來，幾乎包圍了他們。

「哎呀，哎呀。看看這裡有什麼樂子呢，夥伴們？」一個比瑪拉矮一點，但比其他成員壯碩的男孩走出來說道，突然間所有人都停了下來。那人露出微笑，但不知為何帶著一絲陰沉。「看起來這對工廠寶貝和他們的寵物小怪獸迷路了。哈囉，朋友們。我是班丘，讓我和我的朋友們為您們服務吧。今天兩位小可愛要去哪裡呢？茶館？教堂？」

瑪拉明顯感覺到麻煩來了。然而伊班卻笑著點頭，一副毫不在意的樣子。

「嗨，我們沒有迷路——謝謝你的好意，我們先告辭了。就這樣，再見。」她抓著伊班的手，盡速將他帶開。

但她一走，搶匪也跟了過來，重新在他們身邊圍成一個圈，擋住了去路。

「何必這麼急呢，朋友？」班丘笑著問。「我們只是想聊個天，就這樣而已，友好又和善呢。看看我們能否幫上忙。」

伊班瞪大雙眼看著瑪拉。他終於意識到了情況不妙。「我們真的得走了。」他說，聲音因恐懼而變得乾枯又尖銳。

「噢，別這樣嘛，夥伴們。何不參觀一下我們辦公室，來場愉快的聊天呢？」一個更為高大的男孩說，指著兩棟看起來空蕩蕩的房子之間狹窄的巷口。

這是一條死巷，盡頭是一堵高牆。看來除了進去之外，他們別無選擇。那群搶匪圍在他們身後，堵住了出口。「好啦，事情就這樣辦，懂嗎？」班丘說。「你們兩個小寶貝得交出所有值錢的東西，你們的錢、珠寶等等。明白了嗎？」

「但我們沒有——」伊班開口，瑪拉快速打斷他。

「否則呢？」瑪拉問。她的語氣比想像中自信許多，是時候輪到偷雲賊瑪拉表演了。

「來吧，小乖乖。」班丘笑了，其他幫派成員也跟著笑出來。「你不會給我們惹麻煩吧？大家都知道雲朵工廠裡有滿滿的黃金和寶藏，我們都認為你們應該要分享出來才對。」

瑪拉的雙眼瞥向伊班。兩人用眼神打暗號——要是這群搶匪發現他們什麼值錢的東西都沒有，只有一朵女王雲，那該怎麼辦？

「現在，把你們包包和口袋裡的東西都倒出來，放在這個桶子上，好嗎？」班丘走向瑪拉，但她將背包抓得更緊了。

男孩抓住包包前，瑪拉感受到一陣動靜，一股波動，從背包裡頭傳來輕微的搖晃。背包突然鼓起來，彷彿被充了氣一般，接著它似乎在瑪拉的背上蠕動起來，然後飄向空中。

班丘後退，滿臉驚恐。「那是什麼？」他問。

背包再次跳動。

肯定是女王雲。

她是不是正在設法逃脫出來？

班丘越靠越近，同時間，瑪拉看見最先冒出幾縷濃厚的白色水氣或煙霧圍繞住班丘腰間、手臂和腿部。

但那根本不是煙霧。

是雲！

現在是怎麼回事？瑪拉心想。

白霧越來越濃密，從背包裡湧出，並開始聚集在瑪拉腳邊。幾秒鐘內，她的腿和身體就被籠罩其中。迷霧中傳出低沉的聲音。

「那是什麼鬼？」其中一名搶匪問，她是個又高又瘦的女孩，綁著亂蓬蓬的辮子。但她立刻就被濃霧吞沒了，霧氣厚重到瑪拉幾乎看不見她。事實上，沒過多久，除了瑪拉和伊班站著的那片鵝卵石地面之外，半條小巷都瀰漫著濃厚、令人窒息的迷霧。

瑪拉先是盯著背包，然後看向伊班。「雲？」她做出嘴型，而他聳聳肩，顯然跟她一樣困惑。在神奇的迷霧之中，瑪拉聽見搶匪們困惑、恐懼的低沉叫喊聲。

接下來，出乎意料的是，雲朵似乎敞開了一條小隧道，引領他們走出巷弄。飛吉特向前飛奔，一邊嘰嘰喳喳地回頭和瑪拉及伊班喊話。瑪拉接到暗示，拉著伊班的長袍袖口，將他帶進隧道。

「快點！」她喊道，兩人朝街道飛奔，遠離被困住的搶匪們。

他們在巷口停頓了一下，回頭看著迷霧重重的巷弄。

「真是神奇。」伊班說，並伸手輕觸迷霧。一道波紋擴散開來，那朵鑲著粉色邊緣的小女王雲突然噴湧而出，徑直飛向他們。

她圍繞著他們飛行一圈、又一圈，最後輕輕撞了一下瑪拉手裡的背包。

「我覺得她想要回到裡面。」伊班這麼說。

瑪拉打開背包，雲朵便自己鑽進去了。她驚訝地說不出話來。

她從未見過雲朵這樣。

她知道女王雲和送到凋零鎮的那些雲不一樣，這是眾所周知的，但這完全是另一回事！這是這朵雲今天第二次救了他們倆。

伊班也是一樣的表情，滿臉困惑。

但他們沒時間站在原地驚嘆了，巷子裡的霧氣開始消散了，搶匪很快就能逃出來。

「走吧！」瑪拉快速跑開，伊班緊跟在後。驛站是哪個方向？他們跑進走往市集的人群中。瑪拉緊緊抓住背包和伊班。

她還是不太敢相信剛剛所發生的事。

第十五章

長袍和破布

片刻後，他們站在另一條陰暗的巷子口，試著在逃離那群搶匪後喘口氣。市集廣場另一頭就是喬治區了。一輛大型的六輪馬車才剛啟程，另一輛載滿旅客的雙層馬車則正巧抵達，拉車的馬匹們渾身濕透了。空氣中滿是巨大車輪和沉重馬蹄撞擊鵝卵石地面的聲響。

車伕宏亮的嗓音蓋過所有喧鬧。「巴恩利是本次服務的終點站，各位大人們、女士們、先生們。請大家在巴恩利下車！」

「你還好嗎？」伊班問，兩人終於從剛才的冒險中恢復過來了。「你看起來好像嚇壞了。」

瑪拉的目光滑過伊班憂心的臉龐。她絕不是個經驗老道的小偷，這點他看得出來。想到那群搶匪可能做出的事，她就感到害怕，甚至是恐懼。

「我沒事。」她很快回答，忙著擺弄背包，這樣就不必看著他了。雲朵又舒舒服服地躺在裡頭了，看起來沒有因為狂奔逃跑而受損。事實上，她看起來更豐滿了。雲朵的純白色澤更明亮，粉紅色澤也更柔和、飽滿。

飛吉特從瑪拉的外套裡鑽出來，跟著看了一眼背包。瑪拉擔心小松鼠可能會跳進去，把女王雲當成一張舒適的床。但飛吉特只是輕柔地咕嚕叫，瑪拉確信雲朵也發出了類似的聲音。

她搖搖頭。不，是她被今天的冒險搞糊塗了，僅此而已。一切一定都是她的幻覺。

她拉緊背包，看向廣場另一邊的馬車。乘客們正從馬車上下來，收拾行李、伸展雙腿、和親友們問好。

「我去看看馬車，好嗎？」伊班邊拍拍長袍邊說，陽光在金線上反射。

「給我你的袍子。」瑪拉這麼說，伸出雙手。

「什麼？」

「你的長袍，給我。」

「為什麼？」

「因為，伊班，你穿著金色長袍走來走去！它們……太顯眼了。每個人都會知道你是從哪來的——它們引來太多關注了！」

他再次掀起長袍盯著看。「噢……我懂了。」一想到要放棄長袍，他的聲音聽起來很傷心。

瑪拉的眼神已經瞄準巷子對面的攤位，上頭堆滿了各式各樣的衣物布料。

「來吧。」她說，伸手要脫袍子。

伊班拍掉她的手。「我可以自己脫，謝謝你，瑪拉。」他臉紅了。

他轉身脫下長袍，穿著白色背心和短褲站在原地直打哆嗦，同時小心翼翼地摺好長袍。交給瑪拉時，他先是緊緊抓著，顯然不想割捨他生命中的那一部分。瑪拉有些愧疚。對他而言，這是重大的一刻。

她走向攤位，將伊班溫暖的長袍緊緊捧在胸前，避免有人窺探。

「有什麼需要幫忙的嗎，小姑娘？」瑪拉靠近時，攤位老闆詢問，但她的目光已經落在金色長袍上了。

瑪拉伸手拉下一件襯衫、一件毛衣、一件褲子，還有一條紅色圍巾，看起來全都不是新的，但都很乾淨耐穿。「這些，麻煩您了。」

「總共一幾尼，謝謝。」攤位老闆說。她開始摺疊衣服，伸手拿起紙袋，雙眼依舊盯著長袍。

「這個嘛，其實我想做個交易。」瑪拉說，撫摸著長袍上的細細金線，讓陽光使它們更加閃爍。她很習慣在凋零鎮市集討價還價，希望這裡也能如此。

女人的眼睛亮了起來——雖然可能是因為長袍上反射出的光芒。

片刻之後，攤位老闆交出伊班的新套裝，而金袍子也被安全地藏了起來。

突然有個聲音穿過廣場喊道：「前往帕辛特羅普的馬車中午出發。帕辛特羅普的馬車十分鐘後出發！」

瑪拉向攤位老闆道謝，快速拎著裝滿衣物的紙袋跑回巷口。

伊班很快穿上新衣服，瑪拉覺得這是個很棒的改造——事實上衣服很適合他。他們穿過市集朝驛站走去。他們似乎是唯一在等車的人。

他們擠成一團，瑪拉將錢包倒進伊班手裡，那手心裡已經有幾枚硬幣了。這筆錢連送一個人回凋零鎮都不夠用。

「不夠，對吧？」瑪拉傷心地說，她懷疑即使是她以物易物也難以應付這項挑戰。

伊班面有難色。

「呀！」瑪拉倒抽了一口氣，想到了一個點子，然後她伸手進後背包。雲朵轉身，剛好露出了瑪拉在找的東西——女王雲知道她在找什麼嗎？瑪拉抓出水壺和刀子。「我們沒有長袍了，但可以用這些做交易。」她表示。

伊班考慮了一會兒，然後抓起物品前去和車伕商量，那人正靠在其中一個巨大的車輪上檢查懷錶。

瑪拉看著伊班和車伕快速交談了一下。伊班用刀子和水壺比劃著，車伕則歪著頭仔細打量。

她覺得車伕似乎不感興趣。她猜伊班不習慣討價還價，所以決定插手。她向前走去，還沒走到之前就開始講話了。「那些物品價值來回帕辛特羅普八趟，至少八趟。」她這麼說。「你知道的！」

車伕顯得有些震驚。

瑪拉從伊班手中拿過刀子，另一隻手撫過刀身上的設計。「請看一下這個工藝，先生。藍色琺瑯非常稀有，你懂的。首先是很難製作，再來是要打造得這麼美麗勢必又更加困難。」她不知道是真是假。

她的心在胸口砰砰跳著。如果人在厄運降臨前，把能說謊的額度都用完了怎麼辦？

她深吸一口氣，而車伕則來回轉動著物品。

不，她是為了老伯恩這麼做的，刀子和水壺非常漂亮，搞不好價值不菲。她不該為此感到愧疚。

車伕改變了態度。「但是，我怎麼知道這是不是偷來的？兩個年輕小偷帶著贓物逃跑？」

「不是偷來的。」瑪拉其實沒必要這麼大聲。

「而且我們不是小偷，」伊班也加入對話，讓瑪拉很意外。「我們要去探望……家人，但錢被搶匪偷走了。」

「而且看起來也沒有其他客人在等車。」瑪拉指著馬車周圍空蕩蕩的環境。

車伕思索了一會兒，再次摸了摸刀子和水壺，最後說道：「好吧。算了。我只求生活安寧，其他怎樣都行。但你們這兩個小乞丐要是惹出一點麻煩，我就把你們扔在路邊，不管我們人在哪裡，聽懂了嗎？」

伊班和瑪拉迅速交換了一個鬆一口氣的眼神，異口同聲說：「懂了！」

第十六章

長途馬車

長途馬車晚了幾分鐘才出發，車內沒有其他乘客。車子一開始緩慢行駛，在巴恩利狹窄而繁忙的街道上穿梭，但隨著馬車駛向鎮外更寬廣的街道，車速一下子就加快了。隨著城鎮和工廠被拋在後方，瑪拉的擔憂開始消散。知道距離幫助老伯恩又更近一步，她感覺輕鬆、快樂了許多。對面的伊班坐在彈簧座位上更為放鬆，他的肩膀不再緊繃地拱起了，嘴角也時不時微微揚起笑容。瑪拉意識到，這整個情況對伊班來說更為複雜——她是回家，但他是離開家裡。

「你以前有離開過工廠嗎？」瑪拉問道。

伊班眨眨眼，回答說：「嗯，七歲以後就沒有了。那年我回家參加叔叔的婚禮。」

瑪拉難以置信。即使老伯恩有時會去隔壁城鎮工作，她也從未離開過他好幾天。
「那是他們最後一次讓你見家人嗎？」瑪拉問，聲音因為震驚和憤慨而變得尖銳。
「什麼？不是的！」伊班說，他揮舞著雙手彷彿是想趕走這個想法，動作像隻暴躁的雞。「我父母每隔幾個月就會來探望我，大多數人的家人也都這樣。我們不是俘虜，瑪拉……你以為是那樣嗎？」
「噢，嗯，很抱歉。」她感覺自己臉紅了。「不是的，我只是以為……」她的聲音逐漸消失，最後安靜了下來，不想再越描越黑了。
這輛車比雲朵馬車舒服上百萬倍。從她的座位可以看到逐漸遠去的雲朵工廠高塔，它們在雲層間飛舞的日光中閃閃發亮。看起來依舊是個陌生的景色，這麼多雲聚集在同一地方。她低頭看著手上的野生迷迭香梗，很高興終於要回家了，但同時又不想離開這片雲彩滿布的天空。
瑪拉一直緊緊抓住背包，也試著讓飛吉特躲在外套底下，但大約半個小時後，小松鼠就溜了出來，想要自由走動一下。他不習慣被關這麼久。他在瑪拉的大腿上坐了一會兒，仔細地打量伊班，快速清了清耳朵和爪子後，隨即跳上男孩的膝蓋。他探索著伊班的肩膀和頭部、抓撓他濃密的頭髮——無疑是想在上頭築個巢。

「噢，別介意。」瑪拉笑著說。「他只是在認識你……而且老實說，你應該要受寵若驚才對。他通常對陌生人不太友善！」

「我的榮幸！」伊班笑著回答，飛吉特也高興地吱吱叫做為回應。

瑪拉轉頭望向窗外。整齊的林地和田野開始變得零散隨意，更像是克雷絲塔給她那張明信片上的景象。她很好奇伊班怎麼想，她把卡片從背包裡的內袋拿出來，但正要抬頭問他時，發現他已經睡著了，飛吉特緊緊蜷縮在他的肩膀和臉頰之間。所有關於信不信任伊班的疑慮都消失了，就跟窗外一閃而過的景色一樣。

瑪拉也累了，但不忍心將目光從這美妙且迷人的風景移開。

她肯定睡著了，因為當她再睜開眼時，是伊班輕輕地喚醒了她。她感覺到他的手放上她的臂膀，眼睛微微睜開。馬車停下了，瑪拉從車窗看見外面的客棧招牌——光線不一樣了，天色漸暗，夜晚的第一絲寒氣充滿了整個車廂。

爬出車外後，瑪拉抬頭望向天空，這裡的雲比巴恩利和白雲谷的稀疏。夕陽西沉，傍晚的天空雜揉著淡藍色和柔和的蜜桃色，雲彩的邊緣在夕陽映照下泛起微光。看起來很像奎爾先生商店裡的圖畫，但比圖畫更美，她好想站在這裡永遠看著這一切。

「你們兩個大概也想吃點東西，對吧？」車伕問道。

彷彿接到了暗示，瑪拉的肚子生氣地咕嚕咕嚕叫。

「是的，謝謝。」瑪拉和伊班同時開口。

司機朝客棧門口點點頭。「進去吧，隨便你們要幹嘛，管好那隻松鼠。我很喜歡這間客棧，希望以後還能再來！」

車伕轉身解開馬匹時，瑪拉對他吐舌頭，伊班則拉著她的手臂。「瑪拉！」他小聲叫道，但匆忙進屋後，便忍不住笑了出來。

幾分鐘後，他們坐在靠窗的一張小桌子旁，窗外是空無一人的馬路。車伕坐在幾張桌子之外，一如既往地板著一張臉。

客棧主人將兩碗熱氣蒸騰的燉菜放在他們面前。主人一離開，瑪拉馬上拉開背包拉繩，看向裡面，雲朵蜷縮在裡頭，感覺到包包有了動靜，便開始翻騰。有那麼一瞬間，瑪拉以為這朵雲正抬頭望向她，然後她似乎又移動了一下，彷彿再次將自己安置在包包內。幸好她看起來非常滿足。即便如此，瑪拉還是有點擔心。「我們應該找個地方讓她……呼吸一些新鮮空氣嗎？噢，你今天還沒有做儀式欸，伊班。」最後那句話說得非常小聲，她睜著大大的雙眼。

「什麼？」伊班一邊咀嚼滿嘴的燉菜和餃子一邊問。「噢，嗯，對喔，吃完後就做。她看起來沒事，對吧？」

「對。」瑪拉說，確實如此。小白雲看起來非常好，比在工廠裡還要好。

「她應該還能堅持一會兒。」伊班說，並瞥了一眼窗外。「這燉菜太好吃了！」

「吃慢點，不然你會肚子痛的！」瑪拉警告。

瑪拉撈起一顆餃子給飛吉特時，伊班正舀起最後幾口燉菜。然而湯匙突然啪嗒一聲掉進他的碗裡，伊班目瞪口呆地望著窗外。

瑪拉轉頭，手舉著湯匙，但沒能放到嘴邊。

客棧對面的田野上空，昏暗的天際間出現三隻俯衝而下的飛龍。

牠們在空中慢慢下降。

牠們正朝著客棧飛來。

第十七章

幫手

瑪拉冷靜地（比她實際上感覺的要冷靜得多）把飛吉特放到肩膀上，抓起背包站起身。她的雙腿因擔心而顫抖，但她必須行動。她鎮定地把手放在伊班手臂上——他很驚恐，而這只會引起不必要的關注。

「這邊。」她小聲地說，帶領伊班從桌邊走向飯廳的後門。或許這能通往廚房，或是客棧的其他地方？不管怎樣，都能讓他們遠離通往客棧的主要道路，讓他們爭取更多時間遠離派送員。

客棧主人端著一盤食物和飲料匆匆走過來。她停下腳步，險些撞上兩人。「唷！你們倆這麼快就吃完晚餐？」她問。

「是啊。」想到沒有吃的燉菜，瑪拉哀傷地說。

「很美味！」伊班熱情地補充。

「我們得立刻前往凋零鎮。」瑪拉解釋。「能告訴我們最快的路線嗎？」

她終於吐露了目的地。伊班的臉因震驚而扭曲，但現在對瑪拉來說已經無所謂了，只要在飛龍騎士抵達前離開就好。

「噢，我以為你們兩個是要從這裡坐馬車過去？你們知道的，徒步走可是相當遠的喔。」

「我……暈車！」伊班突然開口。

「噢？」客棧主人一臉狐疑地看著他，顯然不太相信。

「且我們需要在途中拜訪阿姨，但馬車不會經過她的村莊。」伊班接著說。

「啊。那個村莊在哪？」

他們倆同時回答。

「米德特羅普。」

「黑辛頓。」

客棧主人笑了。「所以是哪個？」

瑪拉瞪了一眼伊班，而伊班也以同樣的眼神回應她。

「其實是米德特羅普——黑辛頓。」瑪拉回答。「名字是這樣的。那個村莊。我們要去的地方。去看我叔叔——」

「阿姨！」伊班迅速打斷她。

「是的，探望他們兩個。」

瑪拉很確定他們的謊言已經被揭穿了，但客棧主人笑著說：「我從來沒聽過這地方。」

「噢，那是個非常小的村莊。」瑪拉這麼說。

「是啊，只有幾戶人家……還有一個池塘。」

瑪拉再次瞪著伊班，做出「池塘？」的嘴型。

但兩人隨機搪塞的故事似乎騙過客棧主人了。「啊對，我知道那地方。」她說。

「所以怎麼走最快呢？」瑪拉冒險瞥了正門一眼，深信派送員會衝進來，斗篷在他們身後飛舞（他們有穿斗篷嗎？），然後在兩人逃跑之前抓住他們。

客棧主人瞇起眼睛，但態度隨即緩和了下來。「跟我來。」她輕聲地說，接著轉身，一腳踢開了門。

他們跟著她走進一間充滿蒸氣和烹飪香味的廚房。水槽旁邊有成堆的盤子，爐子上有一個正冒著泡泡的大鍋子。瑪拉無視自己咕嚕咕嚕叫的肚子，跟著主人來到廚房盡頭的另一扇門。這扇門通往一座鋪著鵝卵石的院子，院子裡縱橫交錯地排列著潮濕的晾衣繩。其中一個角落，有隻狗在狗窩旁打瞌睡，還有幾隻髒兮兮的雞在四處啄食。飛吉特對著鳥兒發出嘶嘶聲——鳥兒永遠是他的死敵！

「我猜，你們去阿姨家的路上……應該會想避開主幹道？」客棧主人這麼問。

瑪拉點頭，突然意識到他們荒謬的故事沒有她一開始想得那麼有說服力。

主人露出笑容。「好的，直直穿過門外的田野，然後抵達小溪，沿著小溪前進。現在呢，最快抵達凋零鎮的方法是穿越石化森林，但對你們倆單獨行動來說太危險了——所以繞道而行吧。頂多多走半天而已。」

瑪拉聽過石化森林的故事。據說裡面充滿「大變遷」後才出現的奇特生物，而且森林裡還有邪靈作祟，這聽起來絕對是個要避開的地方。

「謝謝您。」瑪拉踏出院子時道謝，冷風銳利地撲向他們。

「喔，等等！」客棧主人喊道。她迅速跑回廚房，然後帶著一包食物和一個大水壺出現。「這是我最好的熱可可。本來是給車伕的，但我很快就能替他準備點別的東西——這悶悶不樂的老傢伙。噢，還有這個，天很快就要黑了，你們會需要這個。」

她遞給他們一支手電筒。

「謝謝。」瑪拉和伊班說著，走過晾衣繩間。他們回頭揮揮手，隨即走出了後門。

他們再次上路了，這次是走在客棧主人說的田野邊緣的狹窄小徑上。他們匆匆穿過粗糙扎人的農作物——瑪拉猜想是某種大麥撫過她身上——盡可能快速移動，以便盡量拉遠和飛龍騎士的距離。

每隔一小段時間，伊班就會轉過蒼白的臉龐回頭看。「你覺得他們會告發我們嗎？」他這麼問。

「誰？車伕跟客棧主人？」

「對。」

「沒有東西能讓人將我們和雲朵工廠聯想在一起。」瑪拉被一小堆石頭絆了一下，但繼續說道：「且客棧主人幫助我們逃跑，還給我們食物和手電筒。我不認為如果有人打算出賣別人還會這樣做，你覺得呢？」

「不，我想是不會。」伊班回答。

他們靜靜地跑了一會兒，只有他們的腳步聲和大麥的沙沙聲在耳邊迴盪。

「啊，小心！」瑪拉抓住伊班，他差點掉進田野裡黑漆漆的裂縫中。一陣瑪拉從未聽過的聲響輕輕地在周圍響起。她傾身過去，打開手電筒。明亮的白色光束落在湍急的水流上，水花跳躍在巨岩和石頭周圍，發出了潺潺的聲音，現在正閃著光芒。

這就是客棧主人要他們沿著走的溪流。它在淺色大麥田裡劃出了一條漆黑、彎曲的絲帶。瑪拉盯著眼前的景象，她從來沒見過如此大量潺潺流動的流水。這些水都流向哪裡呢？這舞動、跳躍的水花，這溪水聲催眠人心，令人著迷。

飛吉特不耐煩地吱吱喳喳打破了這段恍惚時刻。「噢，對，我知道必須前進。謝謝你，飛吉特。」瑪拉說道。

第十八章

古老的名字

沿著洶湧的溪水走了大約半小時後，他們認為工廠派送員並沒有跟上來。一路上有件事一直縈繞在瑪拉心頭，終於她決定開口詢問伊班。

「你覺得那個可怕的女孩伊薇有跟派送員一起來嗎？」

「有可能。」伊班陰鬱地說。

「她顯然不是很喜歡你。」瑪拉這麼說。

「而這種偷走雲朵還逃跑的情況只會讓她更討厭我。」

「很抱歉。」瑪拉說。她做的一切將他們帶到如此境地，而這重擔像是籠罩四周的漆黑夜晚一樣，沉沉地壓在他的身上。當然了，她是在幫助老伯恩，但這對可憐的伊班來說意味著什麼呢？

「事實上，我不覺得伊薇會喜歡任何人。」伊班說道。「甚至也沒有想要被喜歡。我猜，如果你是負責人，或許也得有點這樣的心態吧？」

「別替她找藉口。」瑪拉回應。「她就是很無禮……對每個人都一樣！她送貨到凋零鎮，對待皮波蒂鎮長的方式非常糟糕，鎮長負責掌管整座城鎮，是你能見過最好的人之一！」

伊班不情願地點頭。「但伊薇總是想辦法幫助我，你知道嗎？她提供機會讓我為她執行不同的任務，為了累積經驗……」

他們繼續前行，跟著蜿蜒的小溪走著。「對我來說，她聽起來只是想找個願意奉獻的跟班。」瑪拉說。「好讓她抽出空去對可憐的雲朵做那些勾當。」

「但事實並非如此，不盡然。」伊班小聲地說。

瑪拉立刻後悔剛才脫口而出的話，即便她很確定這是事實。

他們又在靜默中走了一會兒，伴隨著周圍溪水的潺潺低語，偶爾還有貓頭鷹的叫聲劃破寂靜。

「你的村莊是什麼樣子的？柏林鎮？」伊班問道。

「是凋零。沙海畔凋零鎮，且那是一座城鎮，不是村莊。」瑪拉回應，她突然對自己的家鄉產生一種保護欲。

「噢，抱歉，」伊班說。

瑪拉本來沒打算讓他一路跟回家，她曾希望某個時間點能夠擺脫他。但現在她感覺自己得為他負點責任，而且她還需要他幫忙讓女王雲活下去。

「所以……那是什麼樣子？」他再次問道。

瑪拉停下腳步，稍微思索了一下。飛吉特在她肩膀上動了動，用溫暖的小臉摩挲著她的臉頰，輕柔地吱吱叫著。「嗯……那是我家，是啊，我覺得世界上最棒的地方。」她突然能看見自己臥室窗外的景象——俯瞰著舊船艦，對面是成排的狹窄商店和房屋。野生迷迭香的氣味飄盪在帶有砂礫的微風中。

她看見老伯恩沿著路走，稍微扭曲的手緊抓著拐杖。她感到一陣懊悔，同時又夾雜著一股奇怪的決心，認為自己所做的是正確的……儘管是錯的。

「那，嗯……什麼是沙海？」伊班問，打斷了她的思緒。

「你不知道嗎？」

他搖搖頭。

「他們在工廠裡沒有教你們關於這個世界的知識嗎？你真的需要多出來走走。」瑪拉說。

「嗯，我正在走呀。」伊班笑著說，兩人的笑聲在夜色中飄盪。

黎明時分，薄霧繚繞，像是從小溪裡漸漸湧現，然後像毛毯一樣鋪展在田野上。瑪拉半夢半醒間，突然感覺身邊的背包在移動。驚慌中她跳了起來，以為他們被發現，或是被搶劫了。飛吉特跳向半空，落在伊班身邊，他也因為松鼠的突然出現猛然清醒。瑪拉抓起背包，謹慎觀察周圍環境。四下無人，但包包依舊在手裡扭動著。背帶拉緊了，包包則鼓鼓的。

「怎麼回事？」瑪拉問。

「是雲朵。」伊班回答。

「是因為昨天沒有念咒嗎？她還好嗎？」瑪拉驚慌不已，拉開背包後女王雲宛如盛開般綻放出來。

「不！」伊班喊道，瑪拉太晚意識到自己的失誤了。

令人揪心的幾秒鐘後，女王雲飄了起來，遠離伊班和瑪拉所在的地面，兩人都張大著嘴，無助地待在原地。

「噢、不、不、不！」瑪拉恐懼地喊道。她不能失去雲朵。天啊，她為何要打開背包呢？

白雲飄離了一會兒，然後又輕輕地回到他們身邊。她在伊班和瑪拉之間游移片刻，最後安靜地停留在伊班肩膀上。

「或許我們應該把她收回包裡？」伊班對瑪拉耳語。女王雲稍微遠離他，瑪拉很確定那白色的蓬鬆雲絲突然間變得更暗、更灰，彷彿她生氣了一樣。

「我覺得不要。」她說，視線離不開女王雲。

「那雲網呢？」伊班提議。

瑪拉沒有回應。她抓住伊班的手，做了一個「噓」的手勢，然後將他帶離雲朵一些。雲朵跟了上來。

瑪拉重複這麼做，雲朵又跟了過來。

「我不確定究竟需不需要雲網或包包，我想她不會跑走。我是說，飄走。」瑪拉笑了。

伊班懷疑地盯著白雲。「你確定嗎？」他問道。

「不，不是非常確定。」瑪拉老實說。「但……嗯，你看——她在我們掉出窗戶時接住我們，是吧？然後幫我們逃離巴恩利的搶匪。她大可什麼都不做直接逃跑，她也可以逃出背包，但她沒有。現在也還沒飄走。我想我們應該信任她，讓她自由待在外面。」

瑪拉意識到這完全是自相矛盾。她偷了這朵雲，計畫取走一部份，但現在卻提議讓她自由。這毫無道理可言，但感覺是正確的做法——雲朵不會離開他們，至少現在還沒有。

「我不知道……」伊班說，十隻手指緊緊揪在一起，來回端詳著瑪拉和白雲，神情既著迷又困惑。

片刻之後，他不情願地說。「好吧。就這樣吧。」

瑪拉笑了，兩人繼續前進。一開始他們的速度稍微慢了一點，因為要適應一下新的狀況，但差不多半小時之後，看著女王雲飛快飄向前方後又回到身邊，或者追趕在兩人腳邊嬉戲的飛吉特，所有人都習以為常了。瑪拉確信小白雲很享受！

「我們應該幫她取個名字，」瑪拉邊走邊說。

「什麼？誰？」伊班問。

「雲。她需要一個名字，」瑪拉解釋。

「需要嗎？」伊班困惑地看著她。

「萬物都有名字。」瑪拉接著說。

伊班盯著瑪拉。

瑪拉停下腳步，指著天空和大地。「天空叫海隆。大地叫海諾。在凋零鎮，我們都知道萬物的古老名字。」

伊班似乎在思考，試著吸收這一切。他盯著天空，然後看向腳下的土地。

「**萬物有靈皆有名**。」瑪拉說。「你肯定在教堂中聽過吧？」

伊班臉紅了。「我家人對這類的事情不太感興趣。」他說。「所以說，我們該叫她什麼？」他問道，聲音裡寫滿期待。

瑪拉笑了。「嗯……布魯姆？」

「布魯姆。」伊班唸出這個名字，抬頭看看白雲。

「這個古老的名字代表著**雲朵**、**空氣和魔法**。」瑪拉說。

「好名字。」伊班笑著喊道，「布魯姆！」

雲朵飄到一半停了下來，一時之間沒有動靜，瑪拉認為這是個好徵兆！

他們整個早上不停行走，有一兩次，明顯是從白雲谷飄出的雲朵帶來了陣雨。傾盆大雨令伊班忐忑不安，但瑪拉很是驚奇，並樂於迎接所有短暫淋濕的機會。

「當一個人不習慣滂沱大雨時，他往往會抓住機會在雨中歡快地跳舞。」她一邊說，一邊旋轉身子，跑到另一場小雨中，大笑著張開雙臂。

正午前一刻，瑪拉看見地平線赫然顯現一道輪廓。看起來像是懸崖面，混雜著蒼白與泥灰色，她很好奇有沒有可能是某種巨大的、死去已久的生物骨骼。但隨著他們越靠越近，很明顯那只可能是一個地方。

石化森林。

第十九章

石化森林

「是石化森林。」伊班低語，他的聲音小到瑪拉幾乎沒有聽見。「客棧主人說不要走那裡，她說穿越那裡太危險了。」伊班轉身，離開那些如大理石般的樹木。

「但她也說這是最快的路，最快到達凋零鎮的辦法。」瑪拉的聲音有些微打顫。

「可是這樣安全嗎？」瑪拉往前走時，伊班問道。

「安全，我確定。」她轉身拉住他的手。「沒什麼好怕的。」她嚥下自己的恐懼。「走吧。」她沒有看向伊班。

瑪拉曾經在旅遊博覽會的奇特物品攤位上看過一些顆粒粗糙、模糊的石化森林照片，旁邊還有一些奇怪生物的骨架，這些生物據說是在裡面被獵殺的。它們還活著的時候一定很可怕，但老伯恩說這些生物在「大變遷」之後就滅絕了，完全不必擔心。

但在他們繼續前往森林的路上，她還是微微發抖。

「噢，真高興現在是中午。」伊班說。「不知道我能否在黑夜中走進那裡。」

「希望我們能在夜晚來臨前趕緊從另一邊離開。」瑪拉說，她向天空祈求自己是對的。

樹上沒有葉子、沒有花朵，也沒有其他什麼東西；全都光禿禿的，樹幹呈現灰白或淺灰色，像石頭一樣。隨著他們越走越近，瑪拉看到這些樹木斑駁不均、帶著淡淡的色彩——綠色、柔和的黃色和灰暗的紅粉色。它們不像石頭更像是大理石。

飛吉特跑回瑪拉肩膀上，布魯姆則降得更低落在伊班頭頂正上方。他們停了下來，駐足看著眼前高聳的樹林，這驚奇、駭人的景象，讓他們無法移開視線。

「這裡頭是怎麼回事？」伊班問道。

「你沒聽過那些故事嗎？」

瑪拉知道數百種關於石化森林起源的傳說。伊班搖搖頭，兩人慢慢向前走。

「有些人說『大變遷』發生的時候——無論那到底是什麼——這裡就是事件的起點。才一眨眼，這裡的土地便瞬間枯死了。」她彈指一下。「就像這樣。」

森林就在眼前了。

「這裡好陰森。」他說。

「我聽過的所有傳說中，最喜歡老伯恩的版本。他說雲彩消失時，這裡的樹木非常悲傷，甚至是心碎，以至於**它們的靈魂飛走**——然後全變成了石頭。」

「所以樹木也有靈魂囉？」伊班這麼問。

「你剛剛沒在聽嗎？所有東西都有靈魂。」

他慢慢點頭，好像在思考這一切。

「你感覺不到這裡的不同嗎？」瑪拉問。「這種……**哀傷？**彷彿空氣中、我們周圍的土地少了某個重要的東西？」

她能感覺到某種缺失，可能是生命。即便是凋零鎮也有生命，但在這座森林中——什麼都沒有。伊班環顧四周，彷彿這個缺失的東西是個能被肉眼所見、顯而易見的物品。

瑪拉看見他的臉上逐漸籠罩一抹領悟的神情。「噢，對。」伊班低語。「感覺很奇怪。」

「就是這樣，」瑪拉回應。「有些東西不見了……」

他們又走了一小段路，伊班問道：「瑪拉，誰是老伯恩？」

她感到一陣寒意。

「誰？」她反問。

「老伯恩——你剛剛說你偏愛他的故事。他是誰？」

她原先不打算提到他的，怕暴露了自己的身份，現在卻犯了個愚蠢的錯誤。

「他是我爸爸。在我還是個嬰兒時，他收養了我。」她裝作很隨意地說。「噢，伊班你看那棵樹。」

前方不遠處有一棵表面凹凸不平的樹，看起來很像是從枝條中長出了骷髏頭。

他們停下來觀察了一會兒。

「我真是不敢相信竟然存在這種地方。」伊班小聲地說。

「你在開玩笑吧？」瑪拉問。

「但，我是說，這裡的樹木不再生長，土地乾燥而堅硬，且——」

「死了？」瑪拉尖銳地說。「你知道嗎，這就是布靈德國大部分地方的樣子。我們有些人得等好幾個月，才能等到幾滴雨，每天只能分到一桶水的配給。我們不像你們住在美麗的雲朵工廠，每隔幾分鐘就有雲朵飄過，雨水、霧氣和綠色植物隨處可見。」她的指尖輕輕碰著她的野生迷迭香。

「天哪，別那麼極端，瑪拉。你聽起來又開始像那個怪異的天氣激進女孩了。」

瑪拉猛地抬頭。「克雷絲塔？她是我朋友。她一點也不怪異，而且我認為她說的有道理！」

伊班咬著嘴唇，別開了頭。

也許她對他太苛刻了？畢竟這不是伊班的錯——這一切都不是他造成的，而他在雲朵工廠裡過著那麼封閉的生活，又怎麼會知道布靈德國其他地方是什麼樣子呢？

「對不起。」他說。

瑪拉嘆了口氣。「噢，這不是你的錯。對不起，我不應該發火。」

他們繼續徘徊，兩人都被這不自然的景觀震憾得說不出話。

小溪早已乾涸消失，但曾經盈滿水流的深溝依然存在，蜿蜒穿過樹林。瑪拉和伊班就是沿著溝壑向前行進。「你覺得我們會在這片森林裡待多久？」伊班這麼問。

「我不知道。」瑪拉說，她祈求上帝能讓他們在天黑前離開這裡。

四周一片寂靜無聲，沒有靴子踩在落葉上的聲音，因為這片森林已經好幾千年沒有葉子了。沒有鳥兒啁啾，沒有昆蟲鳴叫，甚至沒有螫人的沙塵旋風。越是深入森林，他們就靠得越近。飛吉特待在瑪拉肩膀上，布魯姆則總是漂浮在他們附近，不會離得太遠。

走了幾個鐘頭後，伊班突然指向樹林深處。「那是什麼？快看！」

瑪拉看見遠處有一絲閃爍、忽明忽暗的白光。會是什麼呢？

「感覺是個池塘。」伊班說，兩人快步穿過樹林。

「一座……池塘？」瑪拉問。「池塘裡不都是水嗎？」

走出樹林後，瑪拉看見那光點從地面某個東西上反射而出。

但那不是池塘。

那裡沒有水。

雖然一點都不光滑平坦，但寬闊的地面反而像是某種神奇的鏡子——像是一塊冰凍過久的蛋糕一樣波紋起伏。光線反射在每個褶皺和凹凸處。瑪拉和伊班小心地靠近。

「這是什麼？是什麼能造成如此現象？」伊班看向瑪拉問，彷彿她知道所有的答案。

她聳聳肩，不知道能做什麼或說什麼。

這時她才意識到布魯姆和飛吉特沒有跟著進入空地。他們待在身後，因為這奇怪的小插曲，就停留在林線戛然而止的地方。飛吉特全神戒備，兩隻耳朵高高豎起，環顧四周彷彿能聽見四面八方的聲音。布魯姆不停轉動，似乎無法停止，但又不願意，或者說無法前進。她又縮小了，色彩又消散了些。

「沒事的。」伊班招手呼喚他們。但飛吉特和布魯姆還是沒有移動。

「他們怎麼了？」瑪拉問。

「我不知道……可能這裡對他們來說感覺太奇怪了。」石化森林的空寂，在此處更顯空洞、強烈。「也許我們該走了？」

於是，他們走回布魯姆和飛吉特身邊，瑪拉哄著不肯穿過空地的雲朵和松鼠繞路。

一整天的時間就在他們持續穿越森林之際悄悄流逝。不知不覺中，他們停止了交談，但瑪拉不確定是什麼時候以及為了什麼。這樣似乎比較輕鬆，就好像說話對於這麼安靜的地方而言太過吵鬧了。她頭痛欲裂，甚至是連思考任何事情都會導致疼痛加劇，他們需要盡快離開樹林。

「小心！」

瑪拉被絆了一下，但很快穩住身體，轉頭看看是什麼東西絆到了她。

那是一個有鱗片的東西，和鎖匠店的櫃檯一樣長，也差不多寬，正在沙地下移動著，就在她和伊班之間。她僵在原地低聲說。

「別動。別動，伊班，拜託——不管怎麼樣，站著別動！」

「什麼，為什麼？這是什麼？」他問，轉頭看看瑪拉看見的東西。

「是沙蠍。」瑪拉很快地說。「別動。」她指著兩人之間的空間。

「什麼，瑪拉——」

「伊班，拜託。他們又盲又聾，但可以感覺到你移動時的震盪。」

瑪拉看見那細長的觸鬚正在龜裂的塵土上竄動。「站好，否則牠會攻擊你。凋零鎮曾經有人在沙海上抓到一隻。」

「他們抓了一隻，為何？」

瑪拉忍不住笑了。「烤沙蠍很美味！」

伊班臉色發白。「呃，感覺好噁心。」他哀號道。

瑪拉忙著左顧右盼，腦中突然想到了一個點子。她需要個東西，任何東西都行，讓她扔往反方向轉移沙蠍注意力，好換取時間逃走。但除了龜裂的地面，堅如磐石的樹木，到處都找不到岩石或小石子。

「瑪拉，你在做什麼？」

「我們需要找些可以扔的東西，你有看到什麼嗎？」瑪拉喊道。「但別動！天哪，保持不動！」

「我們可以丟背包嗎？」

「然後一起丟掉我們的食物嗎？」瑪拉生氣地反駁。危急時刻他真的很沒用！

「噢，要是沙蠍先把我們吃了，那食物也沒什麼用處了。」伊班嘶聲說道。

「牠們不吃人。」瑪拉慢慢地說。「嗯，很少吃！但你看見牠身體末端的尖刺了吧。裡頭滿是毒液，如果被螫到，就會痛苦差不多兩個禮拜，然後……」她突然停下。

「噢……好。知道了。嘿，你看那邊，有根斷裂的石化枯枝。可以嗎？」

「可以。」瑪拉回答。「你拿得到嗎？」

「我想，應該……差一點。」伊班朝枯枝伸長了腿。

「小心！」瑪拉大喊。「拜託小心點！」

突然間，伊班向前傾倒，失去平衡摔倒在地。

瑪拉尖叫起來。

飛吉特大聲號叫，從高處安全的樹枝上跳向伊班。

布魯姆似乎急速地膨脹又縮小，彷彿正急促地呼吸一樣，呼應了瑪拉、伊班和飛吉特的恐懼。

沙蠍左右搖擺，瑪拉知道牠鎖定了伊班。

「伊班！快起身逃跑，現在！」瑪拉大喊，衝向那隻追趕伊班的蠍子。

她看見他爬了起來，但沙蠍就在幾步之外了。若牠即刻出擊，伊班就一點機會都沒有了。

「不！」瑪拉尖叫，此時有個東西呈拋物線，畫過高空從伊班身邊飛出去。它飛過沙蠍頭頂，飛向相反方向的兩棵樹木之間，是樹枝，伊班扔出了枯枝。

樹枝撞到樹幹，彈到了堅硬的地面。石頭和石頭撞擊，宛如鐘聲的脆裂聲響迴盪在四周森林間。

瑪拉看到沙蠍轉身，搜尋震動的來源。

「**跑！**」她大吼，看也不看就死命跑離這隻詭異的生物。飛吉特在頭頂上跳躍，布魯姆在枝條間來回飄動，就在身影模糊的松鼠前面。

她冒險回頭看了一眼，看見伊班緊跟在後，使盡吃奶的力氣往前衝。

有那麼幾秒鐘，瑪拉以為他們成功逃脫了，直到她聽見身後傳來沙蠍鱗片發出那種獨特的嘶嘶聲響。

第二十章

沙蠍

他們在樹林中穿梭，偶爾會有令人膽戰心驚的幾秒鐘，身影會消失在對方的視線裡。他們就像在蒼白的石化樹幹間跳躍的模糊身影。他們盡全力向前跑——絆倒、摔跤，但總能設法站起身來繼續跑——似乎和沙蠍一直維持著足夠安全的距離，但僅此而已。瑪拉知道最後牠會追上他們。他們永遠不可能跑贏牠。

她快速抬頭查看布魯姆和飛吉特的情況。雲朵仍舊輕鬆自如地飄移著，一點都沒有疲累的跡象，但飛吉特去哪裡了？

「飛吉特？」她的聲音因為恐懼而顫抖。他在哪？他本來一直在他們頭頂的樹枝上的。

「瑪拉？」伊班氣喘吁吁地問。

「我找不到飛吉特。」瑪拉大吼。「他摔下來了嗎？」

「我……我不知道。」伊班絕望地快速環顧四周。「飛吉特！」

飛吉特的模樣和回憶，竄過瑪拉的腦海。

那天，老伯恩找到他，將他帶回家，把這蜷縮起來的小紅毛球放在她平穩、迫不及待的手掌心。那雙小小的黑眼珠好奇地盯著她，然後伸了個懶腰，打了個哈欠，隨即又睡著了，他打從一開始就完美地融入在她生活裡。

從瑪拉有記憶開始，飛吉特每晚都會依偎在她的枕頭上睡覺。

他和瑪拉一起在凋零鎮的懸崖頂上奔跑。

他陪伴了她的大半人生，現在，要是他不見了怎麼辦……？

他們繼續跑了一會兒。瑪拉努力甩開這個念頭，但這想法卻寒冷又深沉地壓抑在她心上。

「啊，瑪拉，你看……在那裡！」伊班邊喊叫邊指著樹林，她看見了一個模糊的紅毛身影來回閃動。他是在一塊岩石上或是一座小山丘上嗎？

「噢，飛吉特！」她哭喊出來。「謝天謝地！」

走近後，他們看見飛吉特坐在一座高牆上。這高牆彷彿是從他們前方的樹林中蜿蜒而出，然後又繞回他們身後。瑪拉心想，這比凋零鎮大部分的建築都要高，且平坦光滑得無一處可攀爬。更糟的是，他們被困在高牆和沙蠍之間了！

「飛吉特，快下來。」瑪拉一邊大喊一邊跑向圍牆。但飛吉特只是興奮地吱吱叫，沿著高牆跑走，遠離了瑪拉和伊班。

「飛吉特！回來。」

瑪拉沿著牆跑，伊班依舊跟在身後，而那沙蠍則在他身後不遠的地方，每秒都在逼近。瑪拉不確定自己還能跑多久。她的雙腿開始變得像石化森林裡的石塊一樣了。

飛吉特停下腳步，靠近長到牆上的樹枝附近。「伊班，你看，往上看。」

「我們能爬上去……那裡嗎？」伊班上氣不接下氣。

「我想我們沒得選，不然就得和沙蠍摔角。」

瑪拉偶爾會爬上凋零鎮周圍那些粗糙的古松樹，但那些扭曲的枝幹比現在這些筆直光滑到令人沮喪的樹好爬太多了。感謝老天，她找到一些支撐點——光滑樹幹上的結瘤、斷裂樹枝的樹樁——很快地她就距離地面好幾公尺，朝伊班伸出空著的手，伊班感激地抓住，讓自己被向上拉起。瑪拉替他指出了前幾個立足點，而沙蠍正緩慢地繞著樹木打轉，牠確實知道兩人去了哪裡。

「不要滑倒。」瑪拉說。「千萬不要！」

「我沒打算滑倒，真的！」伊班咬著牙說。「但這不容易。」

差不多爬到樹幹一半時，瑪拉能清楚看見牆頂了，牆壁看起來很寬闊，漂亮且平坦，應該能輕鬆地走在上面。她抹掉臉上的汗水，深吸一口氣。空氣中瀰漫著某種甘甜的味道——像是離開雲朵工廠後，他們在樹林中度過夜晚時聞到的那種香氣。就在此時，瑪拉意識到牆外根本不是石化森林，而是一團濃厚閃亮的綠色薄霧。

有可能嗎？

瑪拉仔細觀察這一切，看到了形狀、大小、樣式各異的樹木、灌木、青草、花朵和植物。這是她自己想像的嗎？還是某種海市蜃樓？搞不好他們早就被沙蠍抓到，兩人都死了，這就是另一個世界？

「伊班，你有看到嗎？」她伸手搖晃他的肩膀、抓著他的頭頂、揉亂他的頭髮。

「哎喲，瑪拉！什麼啊？那是……哇！」

除了眼前的綠色植物外，瑪拉現在還能辨認出巨大的樹木——樹冠在微風中搖曳著。

「那是真的嗎？你也看到了，對不對？」

「對。」伊班嘶啞地說。

「怎麼會這樣？」

「我不知道，但是瑪拉，可以請你繼續往上爬嗎？」

瑪拉低頭看一眼沙蠍，若想擺脫牠，就得爬上高牆，他們需要再爬高一點才能到達另一段樹枝，才能更接近圍牆。

瑪拉沿著樹幹爬上樹枝，緊緊抓住它，開始朝牆頭挪動。

她努力不往下看，但牆外茂密的植物讓她徹底分心了。爬到一半時，她才發現伊班也已經順著枝幹往上移動了。

「伊班，停下。回去。」瑪拉說。「樹枝可能不——」

但已經太遲了。她聽見斷裂聲，並發出一聲輕微的呼叫。

飛吉特發出恐懼、警戒的尖叫聲。樹枝折斷時，伊班在她身後大喊，瑪拉突然間掉入半空中。有什麼東西碰到她的肩膀，接下來，蒼白的森林世界被高牆外那一大片鬱鬱蔥蔥的綠色國度取代了。

她一路翻滾、不斷向下，越來越低、越來越低，最後眼前一片黑暗。

第二十一章

高牆之外

瑪拉從睡夢中驚醒。

最後的記憶在腦海中翻湧，她猛然坐起身子，以為會看見沙蠍撲面而來，等著被牠攻擊。

但石化森林消失了。

她在一間明亮燦爛的寢室裡。有一座大大的拱形窗戶敞開著，瑪拉看見窗外有一座蒼翠茂盛的花園。房間裡頭有些大花盆，種滿了樹木和植物。空氣清新得彷彿剛下完一場雨。瑪拉吸了一大口空氣，快速地環顧四周。

她死了！一定是這樣。她已經死了，這裡是死後的世界，這裡美得足以成為來世，如果教堂牧師所說的話可以相信。

她躺在一張大床上，伊班在房間另一頭，在一張豪華沙發上睡著了，或是昏了過去。他的頭靠在一顆巨大的天鵝絨枕頭上，輕輕地打著鼾。這裡根本不是來世！瑪拉鬆了一口氣，但近一步掃視房間，將一切盡收眼底後，一股深刻的恐懼襲來。飛吉特和布魯姆都不見了。

她從床上跳下來，注意到有人把她的鞋子脫了。地板很光滑，鋪著冰涼的石磚。她蹲在伊班身邊，輕輕將他搖醒。他睜開雙眼，睡眼惺忪地看著她，然後慢慢地打量周圍的環境。

「我們在哪？」他問。「布魯姆和飛吉特呢？」

她搖搖頭，恐懼到不敢說出她最糟糕的猜想，然後她跑到門邊，伊班緊跟在後。她拉動門把，但一看見門外站著一個男人，馬上停止動作。那人穿著華麗的長袍，垂著長長的鼻子低頭俯視瑪拉，一撮銀色的柔順眉毛向上挑起。

他是誰，是這裡的主人嗎？還是守衛，或更可怕的角色？

「啊，你們終於都醒了呀……」他的聲音聽起來很不耐煩。

瑪拉盯著他看，不知道該說些什麼。

「我們的……朋友呢？」伊班小心翼翼地開口。

男子低頭瞪著兩人。「一旦你們被護送回高牆外，就能跟你們的物品及同伴團聚了。女大公爵不喜歡有人闖入花園。」

「但我們不是故意闖入的。」瑪拉抗議。「我們是為了逃離沙蠍，不小心從樹枝上摔下來的。」

那男子咂了咂嘴。「我沒興趣聽這些荒謬的故事，謝謝你了，小姐。兩位能跟我來嗎。」

這不是疑問句。

「不能。」瑪拉說。「除非你告訴我們飛吉特在哪，不然我們絕不跟你走！」

男子愣住了。「容我假設一下，小姐，這個飛吉特是……一隻松鼠？」

「沒錯。他還好嗎？」

「如我先前所說，你們會在大門口和所有東西團聚。現在，可以跟我走嗎？」

瑪拉沒有回應，她雙臂交叉在胸前，盯著眼前的人。但他只是伸手抓住她的手臂以及伊班襯衫的領子，將兩人拖出房間，彷彿他們不過是一對柔軟的天鵝絨枕頭。

他們來到一條寬闊的長廊，走廊兩側排列著門口和拱窗，透過它們能看見更多灑滿陽光的房間。天花板上的天窗讓整個地方盈滿亮光。他們經過時，瑪拉可以透過窗戶和門口看到更多樹木和茂密的灌木叢。這些怎麼會在這裡，在石化森林的中央？一點都不合理。

她能看出伊班也努力想去理解這一切，而那人則繼續拉著他們走過長廊。

「你知道你不必拖著我們走的！」伊班抗議，但男人沒在聽或是根本不在意。

瑪拉看見擺著精美家具的房間，餐廳裡有張大桌子，足以容納凋零鎮一半的居民，舉辦一場大型饗宴。

「史特魯瑟斯？是你嗎？」大廳裡響起一陣年輕俏皮的嗓音，男人猛地停下腳步。伊班來不及反應，踉蹌了一下，被自己的腳絆倒了。「哎喲！」

「他們醒了嗎？」

史特魯瑟斯沒有馬上回答。瑪拉懷疑他是不是打算對正在跟他講話的那個人撒謊。她看向伊班，但他只是聳聳肩，對這一切感到困惑。

「是的，他們醒了……他們就在這裡，大人。」史特魯瑟斯回答，聽起來相當沮喪，甚至有點惱火。

「站直。」他咬牙切齒地對瑪拉和伊班說，並把孩子們拉起來，以為這樣有所幫助。

在走廊稍遠處，有個年輕女孩從其中一個房間走出來，年紀看起來和瑪拉及伊班差不多，穿著一件滿是泥巴和髒污的長圍裙。她濃密的頭髮綁成辮子垂落在肩上，有些葉片和樹枝散落在髮絲間，她的耳後插著一支鉛筆，頭髮裡還插著另外三支。她那雙大眼睛透過眼鏡鏡片快速審視著這一幕，鏡片令眼睛顯得更大了。女孩嘛起嘴唇，嘖了一聲，接著快步走到他們身邊，張開雙臂表示歡迎。「史特魯瑟斯，我們已經討論過這件事了！」

「是的，大人。」他聽起來像是被責備了一樣。

「我說他們醒來後，我想和他們談談。」她轉向瑪拉和伊班，笑著說道，「非常抱歉！」

「但大人，他們可能是小偷，是來自某個大城鎮的頑劣罪犯。」

女孩依舊微笑，隨後大笑出聲，那笑聲宏亮又熱烈，她的頭甚至向後仰。笑聲在長廊裡迴盪。「你們得原諒老史特魯瑟斯，他非常認真地履行保護我的職責。」

「確實如此。」史特魯瑟斯驕傲地說。

「如果你洗衣服或煮飯時也能那麼專心就好了，對吧？」女孩這麼說，隨即又開始大笑。

瑪拉注意到伊班好奇地盯著她，她也回望著他，雙眼圓睜彷彿是在說：「我也不知道！」

女孩的笑聲漸漸消散，接著她朝兩人走近一步，同時用手指了指剛剛走出來的房間。「請跟我來。我有一百萬個問題想問你們。」

瑪拉和伊班再次交換眼神。

她會問什麼樣的問題？瑪拉心想。

「噢，當然了，如果你們有空的話。若你們需要繼續前進，我可不想耽誤你們，只是……你們知道的，事情是這樣的……噢，我的老天，我把自己搞糊塗了。請原諒我的激動和無禮。」她自顧自笑著。「我甚至還沒自我介紹呢，我是莉塔——」

「海拉奈斯的莉塔・索尼**女大公爵**，」史特魯瑟斯高聲強調。

瑪拉不確定那名稱意味著什麼，但突然朝女孩做了個屈膝禮，女孩皺了眉頭，伸手說道：「不、不，拜託，請別這樣。不需要。還有，請叫我莉塔。我曾讓史特魯瑟斯也這樣叫我，但他都不聽。」

「我寧可去死。」史特魯瑟斯翻了個白眼。

「請跟我來，坐在這裡聊聊吧。還有史特魯瑟斯……你可以放開他們了，謝謝！」

話一說完，伊班、瑪拉和莉塔一起嘻嘻笑了起來！

第二十二章

莉塔女大公爵

史特魯瑟斯轉身沿著長廊走回去。他們還能聽見他離開時，一邊生氣地喃喃自語。莉塔女大公爵溫柔地笑著說：「他不會傷害人，我跟你們保證，一旦他了解你們，你們會發現他人很貼心。請隨我來。」

他們跟著她走過長廊，穿過一扇大門，進入一個房間，這個房間比他們迄今為止所有見過的地方還要迷人。

但瑪拉還來不及好好地看清一切，就聽到伊班大喊：「飛吉特！」緊接著小松鼠快速穿過房間，從椅背跳到桌面上朝他們撲來，高興地吱吱叫著。

當瑪拉看著飛吉特朝他們躍出最後一步時，纏繞在心中的憂慮解開了。但她親愛的老朋友卻是先跳上伊班的肩膀，然後才跳到瑪拉身上，這刺痛了她。瑪拉感到有些受傷，並再次嫉妒起飛吉特和伊班似乎建立了專屬於他們的情感連結。小松鼠緊緊抓住她的裙子，用小腦袋蹭著她的下巴，幸福地咕嚕咕嚕叫。

「噢，飛吉特，你沒事真是太好了。」眼淚湧出她的雙眼。

「啊，所以這小傢伙有名字呀。」莉塔開心地說，靠過來端詳著松鼠。「史特魯瑟斯在花園發現你們時，他非常保護你們呢，直到確定你們都沒事，才肯離開。」她說。「在那之後，他就一直開心地探索這裡並觀察我。他好奇心非常旺盛，是不是呀？」莉塔笑著說。「真高興知道他的名字了——哈囉，飛吉特！」

飛吉特跳到莉塔伸出的手臂上，一邊沿著她的雙臂和肩膀跑跳，一邊高興地吱吱叫。

就像和伊班在一起時一樣，飛吉特待在莉塔身旁也是一樣自在，這無疑是表明了瑪拉可以信任她，但她還在疑惑布魯姆發生了什麼事。瑪拉快速看了伊班一眼，對方彷彿能讀懂她的心思，輕輕搖了搖頭，像是在說：「等等。」

也許布魯姆還在高牆外的石化森林等他們，雀躍地飄浮著，至少沒有被捲入危險中……

瑪拉終於有機會好好欣賞他們所在的這間神奇的房間了。

整個天花板彷彿不存在一樣，但仔細一看，瑪拉發現那是由數百塊玻璃板拼接而成，所有板塊都用精細的金屬線固定住。瑪拉很驚訝玻璃板竟能如此懸在空中，而不會掉下來砸在他們頭上。距離他們最遠的牆壁也似乎全是玻璃，讓花園看起來像是在房間裡，而房間也像置身在花園中。其他面牆則覆滿書櫃、圖表和一些瑪拉看不懂的圖解，儘管它們看起來很科學且非常詳盡。書架從地面延伸到天花板，裡頭擺滿書籍，但更多的是裝在大小、形狀、顏色相異花盆裡的各式植物。植物攀爬在每一寸空閒的角落，它們攀越書籍、牆面上的圖表。瑪拉看著伊班，他也正目瞪口呆地望著這令人驚奇的空間。

「這是我的房間。」莉塔自豪地說，手指著這個地方。

「你是科學家嗎？」伊班問，他走近一張寬桌旁，桌上擺滿奇形怪狀的瓶子和容器——裡頭裝滿了各種顏色不同的液體。有一根細長的玻璃管安裝在金屬框架上，用堅固的鉤子牢牢固定在小火焰上方，有液體正在冒泡。瑪拉覺得這有點像是傑弗里斯先生工作的凋零藥局。

「喔，我希望我是。」莉塔回答伊班。「我的父母都是科學家，他們把我帶來這裡。他們想研究石化森林，看看能否查出「大變遷」發生時，布靈德國究竟發生了什麼事——影響了天氣和雲層。他們希望能得知原因，修復它……甚至希望可以逆轉一切。」

「他們在這裡嗎？」伊班問。

「可惜了他們正在旅行，在布靈德各個地區蒐集分析用的土壤樣本。他們再一兩個禮拜就回來了。這期間，如你們所見，由親愛的老史特魯瑟斯負責照顧我！」她又笑了。「但這裡真的很安全。高牆可以阻擋石化森林中大部分的東西——嗯，除了你們兩個！」這個奇異、裡外融為一體的房間再次充滿她溫柔的笑聲，莉塔走向她的工作台，忙著檢查玻璃管。她拿起管子，搖晃裡頭的彩色液體，仔細觀察它，接著匆忙在她眼前一本翻開的大大的書上做些筆記。書裡充滿了註解和圖畫，甚至還有乾燥壓花壓葉。

「你想看看嗎？」莉塔注意到瑪拉看著自己，開口詢問道。

瑪拉臉紅了，往後退了一步，覺得自己好像偷窺被逮個正著。「噢，不用了

——很抱歉。不過你的字跡很漂亮。」她這麼說，雙頰燒得和八月的沙海一樣燥熱。

她忙著觀看書架，研究其中一株垂掛的植物。「所以說，你的家人在石化森林中打造了這座花園嗎？」瑪拉問道，腦子裡充滿了各種可能性。若他們能讓死去的樹林起死回生，是否也能讓布靈德國其他乾燥的地方**恢復生機**？復原凋零鎮？

「嗯，這件事說來奇怪，」莉塔表示，走向伊班和瑪拉。「這座花園在我們抵達前就存在了，我們其實只負責照顧它。我媽媽說這裡肯定是自然再生的結果，但我爸爸認為這一小片土地與森林的其他部分不同，可能是在『大變遷』中倖存下來的。他們經常爭論這點。」她雀躍地笑著。「他們將這棟老建築打造成我們的家，我們全家都搬到這裡定居了，以便他們能研究現場的一切。然後，有一天……嗯，你們最好親自到外頭看看。」

瑪拉和伊班交換了一個眼神。還有什麼能比在荒蕪的石化森林中目睹一座碧綠花園更不可思議的呢？

莉塔走向一面玻璃牆，牆上的大門敞開著，清新的微風吹拂進來。瑪拉一走近，鼻腔內就填滿了最芬芳的氣味——降雨後溫暖的泥土味。「**如同生命本身一樣。**」她曾聽過皮波蒂鎮長這麼告訴老伯恩，從此這話便烙印在她的腦海中。

第二十三章

花園

從門口通往花園有四個台階，但伊班愣在第一階上，害瑪拉一頭撞了上去。

「噢，伊班，小心點。」她嘟囔道，但接著她看向眼前廣闊的綠地，發現有一部分被陰影籠罩。有個巨大的物體擋住了陽光，在翠綠色的草坪上投下斑駁的暗影。

瑪拉抬頭看。

花園上空飄浮著一大片灰藍色的雲。它翻轉、合攏、並再次朝外綻放開來，高高地懸浮在花園上方。瑪拉不確定這是不是想像，但她還來不及開口，伊班就發出了一聲興奮的尖叫，還動手拉了她的衣袖。他指著灰藍色雲朵的左側，有一朵體積較小的粉色雲彩在天空中歡快地翻騰，欣喜若狂地投射出亮眼的彩虹。

是布魯姆！

「我的老天！」瑪拉驚呼。「布魯姆！」

小女王雲彷彿聽見他們，隨即飄落下來，就像飛吉特狂奔過莉塔的實驗室一樣。她圍著兩人飛舞，瑪拉看見莉塔伸出手，輕柔地戳弄雲朵，手指拂過的地方閃爍出光芒。

「我想，這是你們的另一位旅伴吧？」她頑皮地會心一笑。「她也有名字嗎？」

瑪拉和伊班惶恐不安，一瞬間不敢對上她的目光。

「所以說，你也有一朵雲嗎？」伊班終於開口，指著大大的雲朵。「她是女王雲，對吧？」他的雙頰染上一抹奇異的粉紅色，說話時沒有看向莉塔或瑪拉。

他是怎麼了？

「對──嗯，我們是這麼猜測的。」莉塔說完，抬頭看向那朵大大的雲。「但我們從沒想過要幫她命名。我父母恐怕是稱呼她為樣本A。」

「但你們怎麼……」瑪拉不確定該怎麼問，才不會傷到莉塔，目前為止她對兩人很友好。

莉塔望向天空。「有一天她就突然出現了。」

「什麼？」瑪拉問。「怎麼出現的？」

莉塔輕聲笑了笑。「有天早上，我爸媽走到這裡，然後我聽見了騷動聲。我走出來看看發生了什麼事，就看到那雲飄浮在草地上，那時候她比現在小得多。我父母推測，過去幾年她長大了差不多百分之一百五十。」

「這……她是怎麼做到的？」瑪拉問。

「關於這點，我們認為其中一個原因是她是女王雲，所以永遠不會像從工廠訂購的普通雲朵那樣蒸發。但還有……嗯，我猜她很喜歡待在這裡。」莉塔小心翼翼地看著他們，彷彿不確定兩人是否會相信自己說的話。「但我完全不知道她是怎麼過來的。首先，女王雲怎麼會被允許離開工廠——如果她是來自那裡的話。我爸媽有個理論，認為某個地方可能有一些自由的雲朵，只有少數幾朵，也許它們只是四處飄移，想找個安全的地方，」

工廠裡的資深侍從蒂爾馬督察曾經說過，過去雲朵是自由、野生的。

「不是那樣。」伊班很快小聲地說。

「但我父母收到了遠方來的報告，來自英格迪斯——」

「不是的，不是那樣。很抱歉打斷你，但這不是自由形成的雲。根本不存在那種雲。那朵女王雲來自雲朵工廠，相信我。」伊班表示。

他看上去很激動。瑪拉把手輕柔地放上他的肩膀，說道：「但你怎麼如此確定呢，伊班？」

伊班的臉皺成一團，掙扎著該如何解釋。最後他終於脫口而出，「因為是我讓她逃走的！」

瑪拉看向莉塔，她雙層鏡片後的眼睛睜得更大了。飛吉特吱吱叫，布魯姆轉而靠向伊班，輕輕地推了推他，彷彿在提供安慰。

「嗯——要不要坐下呢。」莉塔提議。「我會讓史特魯瑟斯送些食物和茶過來。現在需要來杯好茶，對吧，瑪拉？」莉塔拍拍她的手臂。

瑪拉接到了這個暗示。「噢，沒錯——茶和食物聽起來很棒，對吧，伊班？來吧。」

瑪拉握著伊班的手，伊班則任由自己被帶到一棵美麗綠樹下的桌子旁。他沒有看向任何一人，只是不斷盯著花園上空的巨大灰藍女王雲。

過了幾分鐘後，桌上放著兩個托盤，一個盛著看起來相當美味的食物，另一個擺著熱氣騰騰、大大的銀色茶壺。

瑪拉的胃翻攪著，發出咕嚕咕嚕聲，感覺像是好幾天沒吃東西了。

「我來倒茶吧？」莉塔問道，拿起銀色茶壺看向伊班和瑪拉。

濃郁的紅茶自壺中注入杯子裡，莉塔遞過堆滿美味三明治、小餡餅、花朵形狀可口蛋糕的盤子，瑪拉從沒看過這麼精緻好看的食物。吃掉它們幾乎是種侮辱——簡直就是！

「史特魯瑟斯是一位厲害的烘焙師。」莉塔興高采烈地說。

自從吐露出實情後，伊班就沒有再說話了，只是不斷回頭望著花園和蔓延在草坪上女王雲投下的影子。

他們吃了一些史特魯瑟斯為他們準備的食物，直到伊班將杯子哐噹一聲放回碟子上，用顫抖的聲音說道：「那時我正在打掃女王雲所在的房間，打開窗戶通通風。其實不應該這麼做，但她們好像很喜歡新鮮空氣……她們會對此有所反應。雲朵似乎對窗戶以及外頭的世界很感興趣，但我完全沒想過她會試圖逃走。我試著阻止，但她飄得太快了。有一瞬間我以為她被一陣風吸出了窗外——朵姨和其他資深侍從都是這麼說。但我知道不是那樣，我打從心底這麼認為，我總覺得和女王雲之間有種奇妙的連結。而那朵雲似乎總是……讓我感覺到她很傷心的樣子，然後她好像很高興能離開房間，離開雲朵工廠。這聽起來是不是很蠢？」

「不，伊班。一點都不蠢。」瑪拉很快地說。

「我以為少了雲朵工廠的保護，她會死去，沒多久就會蒸發。」

「那你那些咒語和儀式呢？」瑪拉露出一個狡猾的笑容。

「啊……對。」伊班說，臉頰微微泛紅。「很抱歉。」

莉塔雙手拍打桌面，看上去很興奮。「但她沒死，對不對？看看她——離開工廠後她過得朝氣蓬勃，比其他派送過來的雲朵都要大得多。」

「你有訂購雲朵嗎？」伊班問。

「有，每隔一兩個月訂幾朵——只是為了假裝整個花園的雲都是買來的，而不是我們自己……憑空獲得的雲。」莉塔解釋。「我們不希望花園引起雲朵工廠的人過多關注。抱歉。」

伊班聳聳肩，露出微笑。

「我懂了，我就知道！」瑪拉邊說邊站起身。「你沒看見嗎，伊班？雲朵想要自由。他們想要離開工廠，不想被困在室內。他們屬於戶外——他們是野生的，屬於天空、空氣和微風。這就是布魯姆改變的原因，也是花園的雲朵這麼大、這麼強壯的原因。」

「瑪拉是天氣激進分子，提醒你一下！」伊班笑著說道。

「天氣激進分子有些話說得沒錯，你懂的。」莉塔告訴伊班。

「看吧！」瑪拉對他露出笑容。「我就知道克雷絲塔是對的！」

莉塔接著說，「想想看——若女王雲擺脫工廠，也許最終就有辦法修復整個布靈德國了。你們應該知道，雲朵也有治癒的功效。」

一絲希望在瑪拉心中閃現。莉塔帶領他們進屋時，她努力不讓任何情緒表露出來。三人穿過實驗室，再次進入寬敞的室內長廊。莉塔房間對面的門緊鎖著。

「這是我父母的辦公室。」她解釋。「我其實不應該進去，但我知道他們把鑰匙藏在哪！」她抬起門邊的一個小盆栽，裡頭種滿一種長得很像鵝卵石的奇異植物，然後拿出一把鑰匙。

片刻之後，三人全進入莉塔父母的辦公室了。半開的百葉窗讓這裡比其他房間涼爽，也稍微陰暗一些。這裡跟莉塔的實驗室很像——但整齊許多。

「這裡，看看這個。」莉塔指著一系列木製托盤上的小玻璃瓶。「我爸爸叫它萬靈丹，是來自花園的雲朵，我們認為它有治癒萬物的能力……」

第二十四章

萬靈丹

瑪拉看著托盤上的小玻璃瓶，感覺心臟在胸膛裡跳得好快，她肯定伊班和莉塔都能聽見她的心跳聲。

治癒萬物？

「我爸媽是偶然發現的，他們會定期從花園雲朵上蒐集樣本。我爸爸做實驗時燒傷了手，其中一個樣本灑到他的手上，結果當天晚上燒傷就痊癒了。」

「要怎麼製作？」瑪拉聲音低啞。

「我們沒有製作。」莉塔小心地回答。「是來自雲朵，**是雨水**。」

瑪拉感覺希望再次落空，布魯姆完全沒有降雨。她在房裡不小心聽到伊薇和另一個人這麼說，說布魯姆幾個月前就不會降雨了。她設法從雲朵工廠偷了一朵對她來說沒有任何幫助的雲。

「真的只是雨水嗎？」莉塔遞給他一個小瓶子時，

伊班這麼問。

「對。嗯，女王雲的雨水，她們的特性和工廠派送來的雲朵相當不同。尤其是最近，你看。」她指著一塊佈滿圖表和筆記的黑板，但這些對瑪拉來說毫無意義。圖表上方標示四個大字「工廠雲朵」，上面的數據顯示過去兩年雨量持續衰退。

「我媽媽特別關注工廠雲朵降雨的效果，有些事情不太對勁。」她再次指著圖表。

瑪拉深信這與伊薇切割雲朵的非法交易有關，但不確定是否該表露她的猜疑。儘管伊薇對伊班很壞，但他似乎對她很忠誠，此外，她又有什麼證據呢？

伊班走近查看圖表，將一瓶女王雲的雨水遞給瑪拉，讓她拿著。

瑪拉興味盎然地看著液體，除了一絲微光之外，看起來和凋零鎮的井水沒兩樣，然而瑪拉卻能感覺到它發出微小的脈動。

門口傳來一陣響亮的咳嗽聲，嚇到他們三人。是史特魯瑟斯。

「我知道，我知道。我不應該進來這裡，史特魯瑟斯，但我們可能已經有了突破，我想展示一些東西給伊班和瑪拉看。怎麼了？」

史特魯瑟斯匆匆走進房間，來到莉塔身旁。瑪拉看著他們進行一場快速而低聲的交談，然後莉塔讓他匆忙離去，並示意伊班和瑪拉靠近一些。

「這裡來了一群派送員。」她的語氣不太妙。

「這裡？」伊班問。「就在這裡嗎？」

莉塔點點頭。

瑪拉看著她。「我們必須快點離開。」

「他們可能只是過來運送另一朵雲，但我不記得爸媽有說過他們出門期間，有雲朵會送過來。」莉塔這麼說。

「他們在找我們。」伊班陰沉地說。

「還有布魯姆。」瑪拉補充。

莉塔點點頭。「好，我不會讓他們找到你們的，別擔心！史特魯瑟斯會拖住他們至少十分鐘——甚至可能二十分鐘，如果執行全套安全檢查的話。必要時，他也會想辦法分散他們的注意力。你們可以躲在儲藏室——」

「我覺得我們應該離開。」瑪拉輕聲地說，看向伊班，他點點頭。「如果我們待在這裡，對你和花園雲朵來說太危險了。」

莉塔看起來很傷心，但理解地點點頭，接著說道，「那裡有另一扇門可以通往石化森林，你們應該能夠溜出去不被看見。」

「真的嗎？」

莉塔點頭，轉身對史特魯瑟斯說：「請拿好瑪拉和伊班的東西，也替他們準備一些食物和水，麻煩動作快。」

此時此刻，瑪拉應該要把托盤裡的那瓶萬靈丹放回桌上，但相反地，她悄悄將它放進口袋。她很確定沒人會發現不見了，而且他們隨時能從花園雲朵身上獲得更多雨水，不是嗎？但即便這麼想，當他們匆匆走出房間時，她仍能感覺到愧疚像條蛇一樣纏繞在自己身上。

莉塔再次帶領他們回到戶外，穿過草坪然後沿著一條狹窄的小路走下去，小路兩旁有搖曳的灌木叢和高大的植物，這些植物呈弧形彎過他們頭頂上。伊班緊跟在莉塔身後，飛吉特坐在他肩膀上，布魯姆則飄浮於頭頂。

瑪拉看見花園圍牆嵌著一扇柵門——它只比普通的門大一點，由以螺絲釘固定的實木和鋼鐵製成。莉塔從圍裙下掏出一把鑰匙，解開門鎖。門板向外擺動時發出了輕微的嘎吱聲，另一端的石化森林接著展露在眼前。

因為一直被花園裡的綠意包圍著，瑪拉幾乎忘記了蒼白森林死氣沉沉的氛圍。她不確定自己能否離開這座花園。

「我們會盡可能拖延他們的時間。」莉塔說，引領瑪拉和伊班走過門口。「沿著這條小路走到空地——那裡離大門很近，所以千萬小心別見到任何人，也別讓他們看到你們。那裡有一條好走的路，一條古老道路，應該能帶你們回到東邊的主要大路上，然後到達凋零鎮。祝你們旅途……還有所有一切都順利。很遺憾我們不能再相處久一點。」

「謝謝你。」瑪拉和伊班齊聲表示感謝，一瞬間大夥都伸出手握著彼此。

「謝謝你所做的一切。」瑪拉說。

莉塔點點頭，然後很快說道：「快走吧，快！願上天看顧你們。」

她關上花園大門，瑪拉聽見門鎖再次扣上的聲音。

有那麼一下子，他們什麼也沒做只是等著，盯著門板，彷彿莉塔會再次出現，把他們拉回花園裡。最後是飛吉特的吱吱叫，催促他們前進。

大約五分鐘後，他們來到了一大片空地的邊緣，可以看到房子和花園的大門。一輛空的雲朵馬車停在那裡，馬匹在乾燥的地面上嗅聞著，像是想找些青草或雜草來咀嚼，通往大門的台階上還有三隻飛龍等待著。

「我們繞到樹後面，沿著路走一會兒吧，但小心不要被發現，」瑪拉建議。但伊班並沒有在聽，而是停下腳步盯著對面的飛龍——或者說，特別盯著某一隻。那隻體型較小、尾巴較長，和其他飛龍的距離稍微分開一點。她的顏色也略有不同，更像是青銅色而不是藍色。

「伊班，你有在聽嗎？走吧，得走了。史特魯瑟斯和莉塔沒辦法拖住他們那麼久。」

「凱路絲。」伊班開口，他突然走過空地，朝著小青銅飛龍的方向前進。

瑪拉愣住了。他在幹嘛呀？他在想什麼？要是有人來到門口，他會被抓到的。那麼一切辛苦就都白費了！

「伊班！」瑪拉嘶聲叫道，快步往前設法把他拉回石化樹木的掩護下。

他已經走到那隻青銅飛龍面前了，像撫摸一隻小狗一樣撫摸著她。「伊班，他們不……危險嗎？」瑪拉問，不敢靠得太近。

「沒問題的，瑪拉。這是凱路絲。她非常友善。」

這頭生物用鼻子磨蹭他的手。

瑪拉覺得飛龍看起來比較像是餓了，而不是友善，但她從未近距離觀看過，又怎會知道呢？

「小可愛，很高興認識你。」瑪拉說。「現在，伊班如果你已經玩夠了，在被你的工廠朋友找到之前，我們可以開始真正的逃跑了嗎？」

瑪拉開始走回森林小徑，但發現伊班並沒有離開飛龍。「伊班？」

「我有個超棒的點子！」他說。

「太好了，邊走邊告訴我吧，或者，最好是用跑的。」瑪拉回應。

伊班轉身對瑪拉露出微笑，一個大大的笑容。「要不我們別用走的也別用跑的，用飛的如何，瑪拉？」

第二十五章

凱路絲

用飛的？他是不是瘋了？

「不，伊班。我覺得這是個很爛的主意，有很多原因。」瑪拉說，往後退遠離飛龍。

「比如呢？」伊班問。

「嗯……首先，這是偷竊；再來是……你不知道怎麼駕馭她啊！」

伊班歪著頭笑了。「突然間你反對偷竊了？」

瑪拉用力吞了吞口水，但隨即鬆了口氣，意識到他只是在開布魯姆的玩笑，並不知道莉塔小瓶子的事。她的雙頰頓時紅了，連忙說道，「我……我覺得我是在幫忙布魯姆重獲自由，謝謝。」

「那麼，我也想讓凱路絲自由。」

瑪拉將雙臂交叉在胸前。「不行，伊班。」

他轉身握住她的手。「瑪拉，她不危險。她是工廠所有飛龍中最棒的飛行員，相信我。」

她確實相信他，但心中的恐懼感太真實了。光是想像騎在飛龍身上飛行，她就不舒服、燥熱而且頭暈。「我不確定飛吉特有沒有辦法。」瑪拉說。這不完全是謊話！

然而，彷彿是為了證明這一點，飛吉特跑下瑪拉的腿，衝到了伊班和飛龍身邊，開始對瑪拉吱吱叫，好像是在列出她應該加入他們騎上飛龍的所有理由。

似乎連布魯姆也遠離了她，現正飄浮在伊班和凱路絲之間。「我不知道我們要投票決定。」瑪拉抱怨道。

「那麼，看起來是三票對一票。」伊班說。

徹頭徹尾的叛徒！

「但是……不。我真的做不到，」瑪拉這麼說。「我……太害怕了。」

伊班朝她走過來伸出雙手。「害怕，瑪拉？你很害怕嗎？」

她點點頭，心中有些憤怒，因為他故意誇大這點。

「可是過去幾天你做了這麼多事，怎麼還會害怕這個？」

「不知道。」她小聲地說，別過頭去。「爬到高處，和待在底下空無一物的高空中是兩回事。」

伊班握住她的手冷靜地說：「凱路絲會確保我們的安全，瑪拉，我保證。」

她搖頭，掌心出汗，因恐懼而發冷。

「她能在明早前帶你回到凋零鎮。」

瑪拉看得出來，伊班知道自己勾起她的興趣了。現在很難拒絕了。且儘管恐懼還沒有消退，但一想到老伯恩和莉塔的神奇萬靈丹，她就打消了疑慮。

瑪拉強迫自己好好端詳一次這隻飛龍。

凱路絲的大眼睛是柔和的棕色——令瑪拉稍微聯想到飛吉特的雙眼，那雙眼睛聰慧、溫柔又睿智。

瑪拉走上前，飛龍凱路絲緩緩靠近她。她張開大嘴，輕輕舔著瑪拉的手。舌頭有點粗糙，有點像是貓咪的舌頭。

「看，她已經喜歡上你了。」伊班說。

「好吧，趁派送員出來，逮到我們竊取他們最喜歡的飛龍之前，趕緊走吧！」

「瑪拉，你不會後悔的，我保證。」伊班笑了，毫不掩飾臉上的興奮之情。

當伊班將她帶到飛龍的一側時，她已經感覺到自己在顫抖。他熟練地檢查這隻生物的鞍具和挽具。既然瑪拉已經做了決定，就希望可以趕快離開，但她認為讓伊班檢查一下，確保他們待會兒一飛衝天時，不會從上面掉下來，或許是個不錯的主意。

在他檢查安全帶時，瑪拉又把布魯姆哄回背包裡。體積不小的女王雲高興地縮了進去，似乎很開心地蜷縮在袋子底部。她散發出柔和的粉紅色光芒，宛若破曉時分的晨曦。飛吉特高興地跳上飛龍身上的鞍具，仔細監督著伊班的檢查工作。

「準備好了嗎？」伊班問，朝瑪拉伸出手。

她點點頭，但伸出去的手在顫抖……抖得厲害。

「沒事的。」伊班再次說道，緊緊握住她的手，那一瞬間她停止了顫抖。

「站住！」

瑪拉和伊班轉身，看到伊薇站在莉塔家的台階上。除了停在她肩上的烏鴉之外，她孤身一人。「你們兩個在幹什麼？」她問，大門在背後砰一聲關上。

「瑪拉，我們走吧。」伊班催促道，瑪拉感覺手臂被他抓住了。

但瑪拉看見了一絲徹底擺脫伊薇的機會。她掙脫伊班的手向伊薇走去，伊薇則走下台階與她在半路相會。

「瑪拉，不要！」伊班大喊，顯然很擔心她會做出什麼舉動，尤其是她還帶著裝有布魯姆的背包。

「你對偷走的雲做了什麼？」伊薇問。

「你為什麼在乎？」瑪拉回答。

「那是雲朵工廠的財產，必須立刻歸還。」

「她是一朵女王雲。」瑪拉說。「她是活生生的生命，伊薇，你應該對雲朵好一點。」

「我不知道你在說些什麼。」伊薇把頭髮甩到肩後，將長外套拉直。「我是雲朵侍從，照顧雲朵是我的工作。」

「是嗎？我在雲朵工廠裡聽到了你所說關於女王雲的話。」

伊薇一時顯得驚慌失措，但眼神隨即變得堅定，「什麼話？什麼時候？」

「『她已經奄奄一息了。可能很快就會被餵給瑪瑙女王了。』聽起來很耳熟嗎，伊薇？」

「你。」伊薇怒斥。「你在那裡？」

瑪拉慢慢地點頭。「你一直在販賣偷來的雲，將他們偽裝成官方抽取的雲，但根本不是。」

伊薇的目光四處掃視，彷彿在向石化森林尋求幫助。有一瞬間她看起來其實很害怕，隨後又露出憤怒的表情。

「你沒有證據。你覺得回到工廠後他們會相信誰？是我，還是某個偷了雲的天氣激進分子？」

「我倒想試試。」瑪拉邊說邊轉身走回伊班和凱路絲身邊。「你想嗎？」

伊薇走向前去，「你這是什麼意思？」

瑪拉緩慢而平靜地走回伊班身邊，他看起來快要吐了。她爬到鞍具後方，將鞍帶的扣環拉到腰間並繫緊。接著她對伊班說：「回去雲朵工廠。」

「什麼？」伊班輕呼。「瑪拉，怎麼回事？」

「我在虛張聲勢！」瑪拉低聲說。「先朝那方向飛，然後我們可以再繞回來，對吧？」

「等等。」伊薇大喊著跑過來。「進來吧，我們可以好好談一談。你們不知道待在工廠裡是什麼感覺。壓力很大，見不到家人。」

「在我看來是很不錯的生活，伊薇。比布靈德國的大多數人民好得多。但如果你選擇放棄這一切，那是你的選擇。」瑪拉回應。

伊班調整了一下姿勢，讓自己坐得更舒服些，然後向前傾身，對著瑪拉認為是凱路絲耳朵的位置低聲說了些話。就在伊薇越靠越近的時候，凱路絲展開雙翼，拍動一次、兩次。翅膀拍動的作用力讓伊薇亂了腳步，她的烏鴉撲騰著飛走了。

「你逃不了的！」伊薇怒吼。

瑪拉原以為凱路絲會跳到空中，但她卻跑過半個空地，朝著石化森林的方向跑去。他們是不是太重了，讓凱路絲無法起飛？瑪拉緊緊閉上雙眼，預期可能會撞上一棵石化樹木，但（謝天謝地）這並沒有發生。

她感覺身體突然一晃，頭部猛地向後甩，然後風從她的耳邊呼嘯而過，把她的頭髮吹到了臉上。她聽見凱路絲強而有力的振翅聲。

她睜開一隻眼睛，只有一點點。石化森林在他們腳下飛速掠過，呈現出一片奔騰而模糊的蒼白色彩。伊薇從地上怒視他們，瑪拉確信自己聽到了女孩憤怒的尖叫聲。

但她不在乎。

他們在飛！

第二十六章

翱翔天際

當凱路絲衝向天際，快速拍打著巨大的翅膀，轟然巨響讓瑪拉感覺自己快被震聾了。但飛龍一穩定下來，翅膀的拍動速度就沒那麼快，也沒那麼頻繁了。

「她現在正乘著氣流。」伊班轉頭喊道。凱路絲似乎每分鐘就會拍打翅膀幾次，好向前滑翔。

從高空中可以看見石化森林的全貌。樹林在他們下方朝各個方向延伸了數英里——莉塔和她的花園幾乎位於正中心。

瑪拉感到全然的平靜，彷彿所有的憂慮和恐懼都被拋在了遙遠的地面上。

直到伊班問：「現在，也許你可以告訴我，剛才你和伊薇究竟發生了什麼事？為什麼要回去雲朵工廠？」

「沒有要回去，我只是想讓她以為我們要回去，這樣或許能暫時擺脫他們。你覺得飛得夠遠時，就回頭吧。」

「其餘的故事呢？」伊班問。

瑪拉嘆了口氣，說出了在他們倆第二次相遇之前，自己在雲朵工廠內目睹的事情。

「伊薇？喔不，瑪拉。這實在太糟了……但一定是你看到的另外一個人，肯定是他們強迫伊薇這麼做的。」

瑪拉忍不住笑了，而這顯然令伊班感到困惑。「什麼？我做了什麼嗎？」

瑪拉嘆氣。「沒什麼，只是你總是試圖看到每個人良善的那面。」

伊班也笑了出來。「嗯，要是我不這麼做，你現在麻煩可大了。」

「我很不想這麼說，伊班，但其實我們現在麻煩已經夠大了！」

飛吉特吱吱叫以示認同。

凱路絲似乎和天空融為一體，就像布魯姆一樣。在高空之上，伊班也是如此。男孩和飛龍顯然有某種奇特的連結，他無需下達任何指令，就能讓凱路絲按照他們想要的方向飛行。瑪拉可以看出，他透過輕撫脖子和手勢來引導她飛行，讓她能精確地俯衝或轉向。彷彿伊班是凱路絲的一部分，而她也是伊班的一部分。

他們倆與天空已融為一體。

「你真的很有天分。」瑪拉喊道，但他只是臉紅，又看回了前進的方向。

飛行了大約半小時後，瑪拉看到前方地面上有奇怪的印記。但當他們飛過去時，她發現原來是建築物，或者可以說是建築的遺跡，朝著四面八方散落。

「那是什麼？」瑪拉手指著下方問道。

「特里爾城。」伊班大喊。

「那是……城市？」

這個用詞正確嗎？她不太確定。

「對。我在工廠裡的圖書館讀過一本有關這座城市的書。」伊班解釋道。「那是『大變遷』之前，大多數人居住的地方。」

瑪拉無法想像能有足夠多的人，來填滿這座城市所涵蓋的廣闊空間。被建築物和人群完全包圍那是什麼感覺？沒有多餘的一點空間，聽起來不怎麼舒服。

「看看那裡。」伊班指著底下一個看起來像是沉入地裡，又深又寬的石盆。

「那是什麼？」瑪拉問。

「我想那是一座舊水庫——以前用來儲水的，就像是人造湖泊！」

在瑪拉看來，它就像一張巨大的嘴巴，絕望地張開著，她不得不轉移目光。

他們又飛了大約一個小時，瑪拉才確信自己能看見遠處的沙海海岸線——那裡的土地逐漸下陷，稀疏的松樹也完全消失了。再往前一點就是長年乾燥的龜裂沙海。這代表凋零鎮不遠了——也許他們能在天亮前抵達那裡，甚至可能天黑前就到了？她興奮不已，渴望回家。她甚至期待帶伊班參觀凋零鎮，當然了，也期待將治癒病痛的萬靈丹交給老伯恩——儘管她仍在為將它從莉塔那裡偷走感到愧疚。

伊班開始在鞍具上扭動，且不斷回頭看，但他不是在看瑪拉。他的目光越過她，看向他們身後的某個地方。

「怎麼了？」瑪拉問。

「我想，我們被跟蹤了。」伊班說，再次環顧四周。

瑪拉轉頭，在遠處她可以看見幾個黑色身影在他們身後。伊薇和派送員這麼快就追上了嗎？莉塔應該不會暴露他們的去向吧？且瑪拉認為自己已經成功讓伊薇以為他們要回去工廠。

再說了，其他飛龍是哪來的？瑪拉數了數，高空中至少有十隻生物。

凱路絲沿著沙海邊緣稍稍轉彎。瑪拉掃視地面，試圖找到一個熟悉的地標，期盼能帶給她一種他們即將回到凋零鎮的希望。但從上空看下去，一切都太不一樣了。每個屋頂、每個尖塔都有可能是凋零鎮，但其實並不是。

伊班又一次回頭查看，然後搖搖頭。「他們越來越近了，瑪拉。我們可能需要著陸，並躲藏一段時間。」

但能躲在哪裡？這裡不像工廠周圍的地區，也不像有樹木能做極佳掩護的石化森林。不過，懸崖邊應該有洞穴，還有長滿刺的金雀花灌木叢——有些或許大到足以讓他們藏身。

「往懸崖飛。」瑪拉指著左邊懸崖頂的山脊說道，那裡點綴著一叢叢灰黃色的金雀花。這是她唯一想到的辦法。

凱路絲轉身，立即開始下降。瑪拉希望自己的猜測是正確的，這附近有洞穴。但當伊班再次開口時，她意識到自己的錯誤已經太遲了。

「瑪拉，我不確定追我們的是不是伊薇和其他人。你不覺得他們看起來像是鳥類或者其它東西嗎？」

「噢，不。不，不要！」瑪拉喃喃自語，一邊移動身體好看個清楚。現在，她看見地景中的警告標誌——成堆的圓錐形石堆，顯示該地區封閉，警告遊客不要靠近。「轉回去，伊班。快點，迴轉，我們不應該到——」

「什麼？為什麼？」

「他們不是鳥，伊班，完全不像是鳥。」

她不想轉身查看，但伊班轉過頭了，她看見了他臉上的驚恐表情。

瑪拉以前只見過一次懸崖鷹身女妖，那次它不知怎麼地被抓住了。雖然瑪拉從未搞清楚具體是如何捕捉到的。

女妖被拴在一輛由厚重橡木和堅固鐵製的馬車上。它的身體有點像人類，有兩條腿，但部分手臂融合了巨大的皮質翅膀，光禿禿的頭顱基本上是一個巨大的肉喙，會猛咬所有愚蠢到靠近的人。瑪拉一接近它就感到一陣悲傷，只想盡速地跑回家裡。在那之後的一個月裡，她一直做著有關懸崖鷹身女妖的惡夢。

任何在該地區長大的人都被警告不要進入鷹身女妖的領地，如果真的無心闖入，也必須盡快離開。你沒有逃脫的機會，因為鷹身女妖能持續飛行的時間比你能奔跑的時間還要長，如果你試圖躲起來，它們總有辦法找到你。「這對它們來說幾乎像是在嬉戲一樣。」老伯恩曾經這麼告訴瑪拉。

他們現在唯一的機會就是飛越圓錐形石堆。鷹身女妖知道不能越過自己的領地標記，不然會有人跑來幫忙。附近一些村莊的村公所和公會廳屋頂上裝設著巨大的魚叉槍，用來制止它們的攻擊。

如果他們能抵達小鼾區，也許還有一線希望……

第二十七章

懸崖鷹身女妖

飛行的過程中，凱路絲偶爾會發出挑釁的尖叫聲。她是否察覺到了有什麼東西在追趕他們？她疾速俯衝、加快速度，但那些黑影仍越靠越近。

瑪拉現在能看到更多鷹身女妖的細節了。它們翅膀的末端有鋒利的爪子，彎曲的尖腳像鷹爪一樣，身體瘦弱，皮膚緊貼在骨頭和筋肉上——骨頭看似要散架了但瑪拉知道它們很強壯。有傳聞說鷹身女妖曾在鄰近的小鎮農場裡搶奪牛和驢。它們的尖叫聲蓋過了飛龍的振翅聲。

「加油，凱路絲，加油。」伊班在強風中大喊，但沒有用。

鷹身女妖更靠近了，越來越近。

然後它們就像是從天下掉落一樣，突然間凱路絲被八隻尖聲尖叫的鷹身女妖包圍著，皮質般翅膀的拍打聲震耳欲聾，爪子朝飛龍、伊班和瑪拉抓來。飛吉特躲在瑪拉的外套裡，她能感覺到那小小的身軀靠在她的身上顫抖。

那感覺宛如置身於一場暴風雨中，鳥喙猛烈地撕咬，發出可怕的咆哮聲。瑪拉搞不清楚方向，踢走了一隻飛得太近的鷹身女妖。靴子撞上鳥喙時發出一聲碎裂聲，鷹身女妖對著瑪拉咆哮，用它的爪子猛烈攻擊。

「這樣沒用，瑪拉。我沒法甩掉它們！」伊班在噪音中大喊。

鷹身女妖將注意力轉向可憐的凱路絲，鳥嘴和利爪攻擊著飛龍的翅膀和臉。凱路絲劇烈翻身，試圖避開鷹身女妖，瑪拉很害怕他們會直接掉下去，摔向下方的岩石懸崖頂上。

突然間，他們又被包圍了，攻擊再次展開。

但這次鷹身女妖似乎加倍猛烈，成功將凱路絲逼到地面。

「我們要撞上了！」伊班大吼，用盡全力穩住凱路絲，讓他們盡可能平緩地著陸。但撞擊地面的時候，可憐的凱路絲已經側身癱倒，有兩隻鷹身女妖扒著她不放。她憤怒又痛苦地哭喊著。

「凱路絲！」瑪拉高喊，伸手輕柔地撫慰她。接著她感覺到鋒利的爪子勾進自己的肩膀，她猛地被提高好幾公尺遠離了原地。裝有布魯姆的背包從她的肩膀上滑落。「放開！」瑪拉大喊，但鷹身女妖要不是無視她，就是聽不懂她的話。它們只是低吼著，或發出莫名其妙的咕嚕聲。

瑪拉看著另外兩隻女妖用類似的方式將伊班拖下鞍具。他試圖擊退這些可怕的生物，伸手向瑪拉救助，但它們的體型比他更大也更強壯。

「你還好嗎？」伊班對著瑪拉大喊。

「嗯，應該沒事。」瑪拉回應。

她很確定等一下墜落後撞到的地方會很痛，但此時此刻她更擔心的是，可能沒有「等一下」了。這些鷹身女妖想幹嘛？它們想要布魯姆嗎？凱路絲蜷縮著身子，因恐懼和疲憊而氣喘吁吁。她彎腰拉起翅膀，多一層保護免受鷹身女妖的傷害——但現在那堆生物似乎對飛龍失去興趣了。裝著布魯姆的背包還躺在地上。瑪拉看著凱路絲稍微動了動，用她的長尾巴圍住袋子，然後將它藏起來保護！她怎麼知道的？

瑪拉再次扭動身子試圖掙脫，但鷹身女妖持續將她從凱路絲身邊拖走，它們鋒利的爪子像石化的木頭一樣堅固，緊緊地勾住她。「走開，你們這些可怕的東西。放開我！」她拚命掙扎，但最後只是成功地跪倒在地，任憑它們拖著走，直到她終於重新站起來。

在她站起來的時候，一道黑影從懸崖頂落下，如雷般的振翅聲響徹天際。起初，瑪拉以為是派送員追了上來。她抬頭想看是什麼投射下如此龐大的陰影。

瑪拉驚呼。是另一隻鷹身女妖——這隻幾乎是攻擊他們的那些鷹妖的兩倍大。瑪拉記得曾經在書中讀到女妖中有一隻女妖族長，她是它們的首領——這隻肯定就是她了！

她一落地就發出刺耳的尖叫聲，空氣似乎都因此而被撕裂開來。其他鷹身女妖保護性地繞著伊班和瑪拉轉圈，對著族長抓撓、咆哮，像是一群狗在爭奪一根骨頭。瑪拉隨即意識到，她和伊班就是骨頭！

但族長是不容挑戰的。她用巨大的喙咬住最近的一隻鷹身女妖，把它扔到了懸崖頂上，接著她挺直身子，再次怒吼咆哮。

剩下的鷹妖四散到大岩石後面或枯死的灌木叢中尋找掩護，而族長在四處徘迴，確認她的族妖們已經散去。

接著族長轉身看著瑪拉。「你……你們有我們想要的……東西。」

一開始瑪拉簡直不敢相信。這生物竟然在講話，雖然聽起來像是刺耳又沙啞的怪聲。這聲音瀰漫在他們四周的空氣中，彷彿是所有鷹身女妖齊聲說話的可怕合唱。

瑪拉瞥了一眼凱路絲盤繞著的背包——布魯姆安全地待在裡面……暫時是如此。

「你……你有我們想要的……」族長重複這句話。

「不能給你。」瑪拉很快地說，雙眼緊盯著背包和凱路絲。

冷笑聲席捲了他們周圍的空氣，嘲諷、殘忍又刺耳。

「我們……何需……」……朵雲？」族長笑道。

她怎麼知道？

族長現正朝瑪拉走來，鳥喙碰擊如磨刀霍霍，冰冷的視線落在無處可逃的瑪拉身上。

「我們想要……我們可以聞到它們。你的……謊言。你的……祕密！」

瑪拉背脊發涼。

「祕密……能給我們……力量。謊言……讓我們重生！把祕密交出來，把謊言交出來，孩子！」

第二十八章

祕密

瑪拉的腦中一片混亂。

祕密？

族長想要的就只是，她的祕密？

她需要哪一種祕密？

她會不惜一切代價來擺脫鷹身女妖，拯救所有人並回到凋零鎮的家，即使這代表要揭露自己最深沉的祕密。

瑪拉努力站起身來說：「我會告訴你，我會告訴你我的祕密。」她不住顫抖，驚恐地走向步步進逼的族長。「我……偷了雲……為了拯救我的父親。」

她目光掃向伊班，不確定當他知道自己撒了那麼多謊後，會有何反應。他緊盯著她，微微點頭。瑪拉希望這表示他能理解。

空氣中迴盪著女妖族長可怕而令人作嘔的笑聲。她用爪子一揮，將瑪拉踢倒在地，接著她朝伊班猛撲過去。「不——他的祕密……我們想要他的祕密，不是其他人的！」

伊班？

伊班急忙後退，穿過了碎石地，而族長則步步逼近。他的臉因恐懼而慘白，嘴巴張得大大的。瑪拉再次爬起來，急忙追趕族長。但她能做什麼呢？她幾乎無法抵抗她。她的體型至少是瑪拉的兩、三倍。瑪拉很清楚，如果她低估了族長，那麼其他鷹身女妖就會被召喚來對付她。但她依舊向前跑——徑直跑向伊班，他僵在原地無法動彈，恐懼地說不出話來。族長高高矗立在他上方威嚇著他。

「拜託不要。」伊班求饒，他的聲音顫抖、破碎，因淚水和恐懼而哽咽。

「就告訴她些什麼吧。任何祕密都可以，真的。」瑪拉說道。但族長又轉身回來，帶爪的翅膀猛然劃過。

「退下！」她厲聲說道。「讓我們……享用！」

瑪拉跌到地上，臀部和腿部一陣閃電般的劇痛。「伊班！」她大喊。

女妖族長用一隻爪子摀住他張開的嘴。她發出的聲音聽起來一半像是「噓」，一半像是嘶嘶聲——簡直毛骨悚然。

「伊班，就告訴她你的祕密吧……沒關係的！」

但現在他辦不到，因為族長的利爪覆蓋在他的嘴上，只能發出一聲悶響。

瑪拉沮喪地抓起一塊大石頭，扔向族長的頭。石頭撞擊鷹身女妖的頭顱後隨即彈開。她幾乎沒反應，只是稍微歪了一下頭，並發出低沉的警告聲。瑪拉看見其他鷹身女妖從藏身處趕來衝向自己，它們包圍住她和凱路絲……但卻突然停下動作。

「祕密咿咿咿……。」族長再次生氣地說，沒有轉頭。「力量。」

「他會告訴你的，只要你放手。伊班，拜託。」瑪拉大喊，聲音因擔心接下來會發生什麼事而抽泣起來。如果他不說呢，族長會把他從懸崖頂扔下去嗎？

「竊取。」族長繼續嘶嘶地說。「竊取，祕密，力量！」

「但你要怎麼偷走他的祕密？」

「劃開，撕裂，偷走！」

瑪拉的腦海中充滿了可怕的景象：族長的爪子，伊班靜止不動的身體躺在地上，他逃不過了。她很確定！

但現在她能做些什麼呢？她不可能擊退族長——她太大了，比瑪拉和伊班加起來還要大。幾乎和凱路絲一樣大！

這想法像閃電一樣劃過腦海。

但她敢這麼做嗎？她知道自己在幹嘛嗎？

瑪拉微微轉身。凱路絲距離她不到兩公尺，她可以衝向飛龍，但她有足夠的機會付諸實行嗎？

她和凱路絲會比鷹身女妖快嗎？

只有一個方法可以找出答案，否則族長幾乎要把伊班撕碎了！

瑪拉完全沒有看向鷹身女妖，就直接跳上了凱路絲，她聽見鷹身女妖們困惑地朝她走來。但她已經重新坐上鞍具了，她抓起裝著布魯姆的背包，將挽具繞在手腕上。

「快走，凱路絲。拜託，起飛吧。」她喊道。

有那麼一瞬間，瑪拉擔心凱路絲不會有任何回應。但幾乎同時間，她就一躍而起了。飛龍騰空上升時，瑪拉緊緊抓著，而困惑的鷹身女妖則在懸崖頂上跌成一團，摔在彼此身上，一旁的族長還對它們怒吼！

她們再次升空了。

第二十九章

攤牌

凱路絲穩住了飛行，瑪拉深吸一口氣，對伊班的擔憂驅散了她對飛行的恐懼。她低下頭，想看看懸崖頂上發生了什麼事。其他鷹身女妖正開始起飛——幾秒內它們就會追上瑪拉了，這點她毫不懷疑。女妖族長仍然把伊班壓倒在地上，儘管她沒有移動——但這到底是好是壞？瑪拉現在不太確定了。

「我們得把伊班從那隻大鷹身女妖手中救出來。」瑪拉對凱路絲說道，希望她能聽懂一半的話，或者至少有意識到事態嚴重性。她祈禱之前伊班說凱路絲了解他說的話，並不是在開玩笑。

顯然凱路絲稍微理解了，她在鷹妖族長和伊班頭頂上打轉。

她轉了又轉、繞了又繞。同時間，其他鷹身女妖也越靠越近。

就在瑪拉開始驚慌失措——此時鷹身女妖距離他們只有一爪寬——凱路絲突然猛衝下去……直線下墜。她害得鷹身女妖在半空中互相撞擊、翻滾，同時間她緊緊地收起翅膀，不斷往下俯衝。狂風呼嘯而過，氣流如此強烈，她深信自己會從鞍具上被甩落到懸崖頂。但由於挽具緊緊纏繞在手腕上，她並沒有摔落。

她們越來越靠近女妖族長了，但在最後一刻，族長揮出了一隻巨大的爪翼，可憐的凱路絲只能避開迎面而來的重擊。飛龍突然轉向，然後再次向上飛，即使她們聽見身後的其他鷹身女妖也再次緊追不捨。

瑪拉回頭看了一眼，族長將伊班高高舉起，一隻爪子掐住他的脖子，另一隻則四處揮動。瑪拉聽見一聲令她靈魂顫慄的尖叫聲，隨後好像有一道暗紫色的光芒從伊班身上流向族長。

他們失敗了。她最終還是從他那裡獲取了祕密。

「不！」瑪拉尖叫。

她被自己的聲音嚇到了，鷹身女妖顯然也是，突然停止了叫聲。「再一次，凱路絲！」瑪拉大喊，飛龍再次疾速俯衝。

但現在，族長已經享用了從伊班身上偷來的祕密，認為他沒用處了，她將他懸在懸崖邊上一會兒，再讓他從爪子中滑落。然後，他消失了。

凱路絲看到，立刻改變飛行方向，她發出了令人毛骨悚然的尖叫聲，從族長上空俯衝而下，沿著懸崖面追趕可憐的伊班。

懸崖底部只有嶙峋的黑色岩石在等著他們。

凱路絲再次收緊翅膀，但這次她像石頭一樣迅速下墜。瑪拉的胃一陣翻騰，用力地瞇起眼睛。她不敢看！

凱路絲轉彎時，她感到一陣震動，聽到了翅膀展開和拍打時發出皮質般的轟然巨響，她又再度向上爬升。瑪拉鼓起勇氣睜開眼睛。她看到伊班癱軟的身體在凱路絲的爪子下晃動著。

「噢，凱路絲。做得好，太好了！」她喊道，淚水模糊了她的視線，隨著氣流被迅速吹散。

鷹身女妖沒有追上來，幾分鐘後，凱路絲降落在懸崖底部，輕輕地將伊班扔上沙丘後，她才在不遠處著陸。

「噢，你這美妙、美麗的生物！」瑪拉說道，親吻著凱路絲的鼻子——飛龍因此打了個噴嚏，但隨即發出更多快樂的喀嗒聲，然後跟在瑪拉身後，快步跑向沙丘上的伊班。「拜託，千萬沒事，千萬不要有事。」瑪拉對著周圍所有事物大聲喊叫——那些沙子、天空、懸崖。走近時，伊班側躺著背對她。他一動也不動，令人憂心。

「伊班？」瑪拉跪在沙丘上，非常輕柔地將她的朋友翻過身。他痛苦地哭出來，但沒有張開眼睛，也沒有說話。

她本來以為會看到傷口和血跡。但取而代之的是，伊班胸口處有一塊令人作嘔的瘀傷，紫色、黃色和黑色混雜，呈現出模糊奇怪的星形。

「伊班？」她再次呼喊並搖搖他的肩膀，但他再一次痛苦地大叫。瑪拉的眼裡滿是淚水。他還有呼吸，至少有呼吸，但又淺又快。

他的傷很奇怪，瑪拉想不明白。女妖族長到底對他用了什麼力量，才造成這一切？飛吉特從她的外套裡跑出來爬到肩膀上。他低頭看著伊班，發出哀傷的聲音。

「我知道。」瑪拉陰鬱地說。「我們能怎麼辦呢？」

她沿著沙丘看過去，接著看了一眼懸崖。他們現在肯定離家不遠了，她相信只需要短暫飛行，就可以帶伊班回凋零鎮尋求幫助。但當她想將他破掉的毛衣和襯衫重新蓋上胸膛時，他又再次痛苦地哭喊，呼吸也變得更加急促了。

飛吉特發出悲戚的吱吱叫。

「我同意。」瑪拉嘆息。「我也覺得他撐不過去。」這一切超出了她的承受範圍。然後她伸手進口袋，拿出從莉塔父母辦公室偷來的萬靈丹。她本來希望能交給老伯恩的。

老伯恩，她這輩子唯一的家人。

但伊班在這裡，正在承受苦痛，在她猶豫的同時，他不斷惡化。他是她這生中第一個真正的朋友，除了飛吉特之外。

老伯恩會把萬靈丹給伊班的——瑪拉非常確定。皮波蒂鎮長也一樣。

等伊班康復後，她會再思考下一步該怎麼做。

她小心翼翼地將伊班的頭從沙丘上抬起。他尖叫起來，但隨著瑪拉將萬靈丹倒進他張開的嘴裡時，哭聲漸漸減弱了。

然後她讓他躺回沙丘，觀察著、等待著，誠心祈求萬靈丹發揮效用。

第三十章

事實與謊言

時間似乎走得很慢，伊班靜止不動地躺在沙丘上，瑪拉只能傾身過去檢查他還有沒有呼吸。她警戒地看著天空和懸崖頂，擔心那些鷹身女妖會再次出現，但看來凱路絲已經成功嚇跑它們了。

布魯姆和飛吉特也仔細地觀察著。布魯姆在伊班頭上盤旋，飛吉特蜷縮在他腳邊的沙地上，凱路絲則靜靜地守在一旁。

他們等待著。

不斷等待。

搞不好莉塔的萬靈丹根本起不了作用。或者是鷹身女妖的可怕力量太過強大，就連萬靈丹也治癒不好？

隨著太陽落下懸崖頂，陰影開始在沙地上延伸開來。幾個小時後天空就會漆黑一片了。瑪拉實在不想被困在沙海邊緣。假設伊班不盡快醒來，她就得想辦法把他搬到凱路絲身上，然後找尋飛回凋零鎮的路。

「瑪拉……」

伊班的聲音乾巴巴的，幾乎是一陣低聲呢喃。

但他開口說話了。

瑪拉奔向他，心臟如釋重負地跳動著。她看見他胸膛上的奇怪傷口開始縮小。那令人憤怒的瘀傷正從近乎黑紫色消褪成紫羅蘭色、淡紫色。

「噢，伊班——你醒了！」她輕柔地握住他的手。雖然很輕柔，但她感覺到他也回握了一下。

「發生……什麼事了？」伊班問。

瑪拉輕輕地扶他坐起，重述了一遍空中的打鬥過程，同時餵他喝點莉塔準備的水。他貪婪地喝了一口，隨即又向後倒去，感激地深吸一口氣。瑪拉拿出同樣是莉塔準備的蛋糕，分了一塊給伊班。

他把手放在胸前，看著不斷縮小、女妖族長造成的傷口，他微微皺起眉頭。「她對我做了什麼？」

瑪拉突然感到彆扭，別開了目光。「她偷了你的祕密，或者我認為，至少她嘗試這麼做……」瑪拉小聲地說，擔心伊班會覺得尷尬。

「噢，那個啊。」他邊說邊微微挪動了一下。

「你不必告訴我。」瑪拉急忙說道並站起身子，但伊班伸手攔住她。

「不，不是那樣。我……應該早點告訴你的。」

瑪拉深吸一口氣，眼神緊盯著伊班。他的雙眼是凋零鎮上空那種明亮的藍色，但她的眼睛卻相反，像是工廠上空烏雲密布的灰色——真奇怪！

「你不是雲朵侍從，對不對？」瑪拉這麼問，看到伊班露出驚訝的表情，忍不住笑了。

「你知道了？」他說。

「嗯，對。我懷疑過，至少有一段時間了。」

「你說的沒錯。我不是雲朵侍從。雖然我真的、真的很想成為一份子。伊薇，還記得她嗎？」

「怎麼可能忘記？」瑪拉笑著說。

「她總是承諾我，只要我幫她執行任務和雜事，就會幫助我成為侍從。但那天我們相遇，我才意識到她一直都在撒謊，只是在利用我。我所能想到的只有逃跑，離開那裡。」伊班停下來喘口氣，然後接著說，「我……我在工廠的馬廄和飛龍棲息處工作，負責清潔、照顧馬和飛龍、幫牠們洗澡、餵食，你懂的。」

「所以你才那麼了解凱路絲嗎？」瑪拉問。現在一切都如此清晰明瞭了。她回想起那井井有條、一塵不染的馬廄裡那些受到精心照料的馬匹。當然了，只有伊班這麼溫柔的人，才會如此悉心照顧他人。

「沒錯。但是……嗯，你知道嗎，這不是那個祕密——不算是。」

瑪拉坐了回去。「喔？」

伊班看向沙丘，眺望無邊的沙海。

「沒關係的，伊班。」瑪拉輕聲地說。

「你記得我們跌出工廠窗戶那天嗎？」

瑪拉忍不住輕笑出聲，想到突然從窗戶掉出去的經歷。所有人四肢亂舞，還有布魯姆重現生命力，幫助他們輕輕飄到較低的樓層，安全著地。「嗯，我當然記得了。我肯定會記得一輩子的。我把你拉出去……」

「不，是我把你推出窗外的，瑪拉。那不是意外。我想離開。我想和你跟布魯姆一起逃跑。我感覺自己跟女王雲一樣被困住了。」

在那一刻，好像有什麼東西破滅了，謊言彷彿變成了實體，然後碎裂了，隨風而逝。

「但為什麼？為什麼你想離開工廠呢，伊班？」對瑪拉而言，工廠是一個富饒、神奇和安全的地方。

伊班看向布魯姆，瑪拉立刻明白了。

那朵他從工廠放出去，花園裡的雲朵。「是為了女王雲嗎？」瑪拉問。

「她們應該獲得自由。看看布魯姆在工廠外有多麼不同。」

瑪拉轉身看著小女王雲。短短幾天，她的改變真是太大了。布魯姆變得更加豐盈，純白的顏色更加飽和。而且她的體型比之前大了至少一半。這就是雲朵生活在自由世界中該有的模樣。

「對不起。」伊班說。「我本來要告訴你的，我保證，但是……我不知道怎麼說。派送員還在追趕我們，都是我的錯。」

「我敢肯定，我們後來和伊薇之間的衝突，對整件事更是沒有幫助。」他們都笑了。「你給了我什麼，瑪拉？疼痛幾乎消失了。」

瑪拉憂傷地笑了笑，別開目光。「我偷了一瓶莉塔的萬靈丹。我本來要帶給老伯恩，但是……」

「噢。」伊班說，明白了這一切。「嗯，那我想說，好險你這麼做了！」現在感覺是個合適的時機。瑪拉深吸一口氣。「老伯恩，他生病了。一種叫做萎縮症的病。這種病在白雲谷之外很普遍。他的所有關節和肌肉都僵化了，有時連走路都很困難。有人告訴我，一片雲就能治癒他。這就是我去雲朵工廠、偷走布魯姆的原因。」

伊班靜靜地聽著這一切。瑪拉以為他會生氣，但結果他卻是用天藍色的雙眼盯著她並露出微笑。「但我想現在你改變心意了，對不對？」

她點點頭，說不出話來。

「為了拯救我們關心的人，我們有什麼事做不出來呢？」伊班問道，伸出手溫柔地拍了拍瑪拉的手。

「但我不能對布魯姆那樣做，現在沒辦法了——在經歷這一切之後。而且我保證，我會找到補償莉塔和她父母的方法。關於這一切，我真的感到很愧疚。」

「我相信她會明白的。」伊班溫柔地說。

「這樣反而讓我感覺更糟。我很確定若我詢問莉塔，她一定會把所有的萬靈丹都給我們……但那一刻我就是失去了理智，只想緊抓著藥不放。」

他們沉默地坐了幾分鐘，然後瑪拉小心翼翼地問道，「你想念工廠嗎？你還是可以回去的，可以帶回布魯姆。他們會覺得你是英雄。你現在肯定能成為一名侍從，或是派送員了。」

伊班毫不猶豫地回答了。「不。我覺得自己現在再也回不去了，也很確定不管如何都不會把布魯姆送回去。她需要自由。我想，他們全都需要自由，對吧？」

瑪拉轉頭看向沙海。她滿腹思緒，她的心因為這所有發生的一切，被撕裂成了兩半。

望向東方，她看見了第一批閃亮的星星。她正要指給伊班看，卻發現有一團巨大的沙塵從沙海中滾滾而來。

「我們得走了，」瑪拉說，起身拿好東西。

「為什麼，怎麼了？」伊班坐直身子。

「看到那裡了嗎？」瑪拉指著塵土。「是沙塵暴。十分鐘之內空氣就會滿是沙塵，到時我們就什麼都看不見，也不能呼吸了。」

布魯姆跳回來鑽進背包裡，飛吉特跳到瑪拉身邊，竄到她的肩膀上。「我們不能躲進山洞之類的地方嗎，或許它會從我們上方掠過？因為，我不確定現在我是否駕馭得了凱路絲。」

瑪拉伸手幫助伊班站穩腳步。「你不需要駕馭她，我來。你忘了我們是怎麼到這裡的嗎？」

第三十一章

沙塵暴

雖然感覺好多了，但瑪拉扶他坐上鞍具時，伊班還是有點不舒服。他還沒完全康復，但此時別無選擇，他們不能待在原地。瑪拉爬上去，哄著凱路絲立刻展開行動。飛龍在沙丘上蹬出兩大步，接著展開雙翼，迅速躍入紫色的夜空中。

很快地，他們就朝著凋零鎮的方向快速飛去。但沙塵暴持續向他們襲來，越來越大直到感覺幾乎要完全包圍了他們。

現在，星光點點都消失了，夜空與沙海幾乎融為一體。瑪拉不確定他們是否能夠逃過這場風暴。

就在瑪拉感覺到好幾顆刺人的沙子打在她臉上時，她看見了讓她心中燃起希望的景象。她雀躍且寬慰地高喊，催促凱路絲繼續前進。

「我家！」

就在前方，她看到了凋零教堂歪斜的尖頂，坐落在構成小鎮和懸崖頂農莊山丘的那群建築大雜燴中。瑪拉不確定自己能否從空中認出這座小鎮，但她的心彷彿被一條無形的線牽引著。

但凱路絲該降落在哪裡呢？瑪拉很擔心飛龍寬大的翅膀會被凋零鎮狹窄的街道鉤住並撕裂，但若降落在鎮外，他們仍然會受到沙塵暴的襲擊。此時更強勁的沙風襲來，她開始難以看清東西了。

公會廳是他們最好的選擇。外頭有一座小廣場，肯定可以容納下凱路絲的翅膀，且通往港口的小路也許能為凱路絲提供一些保護，免受風暴的侵襲——她絕對進不去鎖店樓上的公寓，這點不用懷疑。

但當瑪拉帶著凱路絲靠近屋頂，廣場終於出現在眼前時，她看到有個人影正匆匆爬上公會廳的階梯。人們轉過身來，毫無疑問是被飛龍拍打翅膀的聲音吸引過來，他們張大嘴巴站著、驚訝地抬頭看著瑪拉。

「皮波蒂鎮長！」瑪拉鬆了一口氣大喊。「噢，感謝老天！」

鎮長看起來更驚恐了，瑪拉大概想像了一下，從對方的視角來看會是什麼樣子。

一隻出人意料的巨大飛龍降落在公會廳的台階上，而瑪拉不僅騎在她的背上，而且還駕駛著她！

然而，一如往常，起初驚訝過後，皮波蒂鎮長似乎又不太擔心了。凱路絲著陸後收緊翅膀，鎮長快步跑下台階。「瑪拉？瑪拉，是你嗎？」

鎮長走到身邊時，瑪拉從鞍具上滑下來，然後立即轉身幫助伊班。「天啊，這是……你到哪去了？我們都很擔心……這位是誰？」

瑪拉快速轉身。「我保證會一五一十地解釋，但我需要見老伯恩，他人呢？」

皮波蒂鎮長停頓了一下，站得比原本更直了一點，顯然有壞消息。

瑪拉緊緊抓著鞍具。

她會不會來晚了，在經歷了這一切之後？

「過去幾天他出了點狀況，所以和我住在一起。」皮波蒂鎮長指著公會廳，公會廳連著一棟狹窄高聳的房子，那是凋零鎮鎮長在任期間使用的住所。「你最好跟著我一起進來。沙塵暴要來襲了。」

幾分鐘後，他們全都進到一間會議室。皮波蒂鎮長找來一個巨大的金屬桶，往裡面裝滿了水，這樣凱路絲就能喝水了。「接下來我會給她找點食物，但天知道飛龍吃些什麼？來吧，樓上有個人會非常高興、非常放心地看到你。」

老伯恩坐在壁爐旁，看著終於席捲進來的沙塵暴。外頭的光線變成了病態的橙棕色，滲入了鎮長的客廳中。瑪拉推開門時，老伯恩轉過身來，一瞬間他的臉上露出全然困惑的神情。

「瑪拉！」他笑著從椅子上站起來。

瑪拉飛快地穿越房間，彷彿她有對凱路絲的翅膀，感受到老伯恩環抱住她，他滿是鬍渣的下巴靠在她的頭頂上。「噢，我的女孩，我的女孩。」他輕柔地說。「我們好擔心。我以為再也見不到你了。」他眼裡盈滿淚水。「尤其是奎爾先生跟我說他給了你一些東西，好讓你去切割雲朵！」

「對不起，對不起。」瑪拉一邊哭一邊笑，緊緊地抱住老伯恩。那一刻，她只想待在他身邊，無論他們現在只剩多少時間能在一起。「我一直試圖找尋能幫助你的方法。」瑪拉輕聲地說。「一種治癒……」

皮波蒂鎮長這時候走進來了，一旁是伊班。「我想，我們有一大堆問題要問，而你們兩位知道所有問題的答案。所以，我去泡壺茶，大家一起好好聊聊，如何？」

「好的。」瑪拉笑著回答。

是時候告訴他們發生的一切了。

第三十二章

衝突

伴隨著沙塵暴的肆虐，瑪拉和伊班開始講述他們共同經歷的故事。他們輪流對著老伯恩和皮波蒂鎮長講述這趟冒險旅程，他們靜靜地坐著聆聽。

從雲朵工廠到馬車之旅，沙蠍和莉塔美麗的花園，以及另一朵女王雲，最後是鷹身女妖的攻擊——所有細節全都一股腦兒地說出來。

瑪拉發現，老伯恩和皮波蒂鎮長時不時交換著一個會心的眼神。他們是欽佩、驚奇，還是茫然呢？瑪拉不知道。

公會廳外沙塵滾滾，鎮長端了一些食物和飲料讓大家分享。這是家鄉的味道，瑪拉感到無比感激，看得出來伊班也是如此。他似乎很喜歡鎮長和老伯恩，她感覺他們也很喜歡伊班。

「所以說，這就是你從工廠偷出來的雲嗎？」

皮波蒂鎮長神情嚴肅地看著布魯姆問道，這段時間雲朵一直漂浮在房間角落，她在半空中輕輕翻滾，柔和的粉紅色光芒投射在牆壁和天花板上。

「是。」

「不是。」

伊班和瑪拉同時回答。

「您看，」伊班開始解釋，「瑪拉以為是她把我們拉出雲朵工廠的窗戶，但其實是我推的。所以我想，嚴格說來，是我偷了布魯姆。然而事實是，瑪拉拯救了我們兩個。」

瑪拉不知道該對此說些什麼。一瞬間她感覺喘不過氣了，若她開口呼吸或說話，應該會哭出來。

「我明白了。」老伯恩撫摸著下巴，慢慢站起身。他拄著拐杖走向布魯姆。瑪拉看得出來他的狀況比以往都更糟了，他的雙手幾乎沒法握著拐杖，雙腿僵硬而遲緩。她不得不別開目光。「這一切都是為了帶一朵雲回來治癒我嗎？」他聽起來不甚歡喜。

「沒錯。」瑪拉小聲地說。

房間裡一片寂靜，只有沙塵暴拍打窗戶，還有睡在壁爐邊飛吉特的細微鼾聲。

「也是，你行事向來都是全力以赴呀，我的孩子。」老伯恩說。「有很多事情需要改正，你懂的。」

她點點頭。

「並不是說我不感激你的努力。」他的語氣比較溫和了。

「不過，這一切都是徒勞。布魯姆不會降雨，我們拿不到任何萬靈丹。」

伊班轉過去抓著瑪拉的手。「並不是徒勞，瑪拉。看看自從被你拯救之後，布魯姆產生的變化。看看我的變化——我們的發現可以幫助到莉塔和她父母，或許可以改變……嗯，改變一切。」

「他說的沒錯。」皮波蒂鎮長輕聲說道，啜飲了一口茶，「絕不是徒勞。」

瑪拉再也忍不住淚水了。「但我不想改變世界。我只想找到能讓你好起來辦法。」

「我明白，親愛的。」老伯恩一邊說，一邊走向瑪拉。「但世界上並非所有事情都能被修復，也不應該如此。」

老伯恩邁出下一步時，手杖被椅腳絆住了，他也跟著摔倒在地。每個人都急忙向他撲過去，但布魯姆動作最快。她向前衝，體型脹大了一倍。她柔和的粉紅色光芒變得更加明亮，當伯恩摔倒時，她將他完全包裹住使他隱在女王雲裡。

每個人都驚呼出聲，以為老伯恩會直接穿透布魯姆，重重摔在地板上。但布魯姆支撐住他很長一段時間，隨著膨脹和縮小，光芒時而明亮時而黯淡。然後她變得越來越大，直到瑪拉幾乎看不見房裡其餘的空間——緊接著她又縮回到了原本的尺寸。雲朵恢復原狀後，大家看見老伯恩直挺挺地站著，全身濕漉漉的且相當困惑。小光點貌似在他周圍舞動了幾秒鐘，然後像在光線中閃爍的塵埃一樣，最後消失無蹤。

所有人都衝上前去檢查老伯恩是否無恙。

「怎麼回事？」他問，先是看著瑪拉，然後看向伊班。

他們互相看了看，然後聳聳肩。「她從來沒有這樣過。」瑪拉說。「你還好嗎？」

老伯恩坐回椅子上。「嗯，還好，應該沒事。感覺全身有點潮濕跟……刺痛！」

皮波蒂鎮長走向他，當她伸出手想要觸碰他的額頭時，一道微弱的光芒在他們之間蔓延開來，如同一條細小的閃電。

「老天！」鎮長驚呼著跳開。

老伯恩和布魯姆之間發生的事情似乎有些奇怪。

瑪拉發現到了，當皮波蒂鎮長帶他離開房間時，他的動作變得更加流暢，也不再像以前那樣撐著自己了。但這也許只是她的想像，祈求某些事能發生。

天色暗了，沙塵依舊肆虐，所以皮波蒂鎮長要大家今晚都留下來過夜。瑪拉、伊班、布魯姆和飛吉特一起睡在客廳，而老伯恩已經去到客房了。

雖然不在自己的床上，但瑪拉還是有種回到家的舒適感，這舒適感讓她在入睡後，進入這幾個月來睡得最香甜的夢鄉。

她夢到工廠周圍覆滿雲彩的天空，但那不是工廠，而是凋零鎮，鎮上的藍天現在有著滿滿的雲朵，綿延無盡，就跟克雷絲塔那張「大變遷」之前的明信片景象一樣，就跟奎爾先生店裡的圖畫一樣。

「瑪拉！」

她猛然驚醒，發現老伯恩和伊班站在眼前。「已經早上了嗎？」她問。

「對。」老伯恩輕柔地回答。「但是……」

他無須多說。瑪拉聽見公會廳外的廣場上，傳來急促的腳步聲和響亮的指揮號令。

皮波蒂鎮長拉開窗簾往外看，發出一陣略顯失望的聲音，然後看向瑪拉和伊班。「她在做什麼？你們最好過來看看。」她朝窗子點了點頭。

瑪拉和伊班走過客廳，一邊伸懶腰打呵欠，一邊走到窗前，接著往下看向廣場。伊薇和一群雲朵侍從站在公會廳外。那隻白色的烏鴉拍打著翅膀嘎嘎叫，彷彿感覺到了他們的視線。然後，伊薇和瑪拉四目相對。

「噢，她看到我們了，」瑪拉擔憂地說。

「該怎麼辦？」伊班問，看向瑪拉，再看看鎮長。

「我們去承擔後果吧，孩子。這就是我們該做的。」鎮長嚴肅地說道。但當她走過伊班時，伸出手輕輕捏了他的肩膀一下，讓他不要擔心。「你不是一個人。」

所有人都走出公會廳大門，大門敞開時，伊薇輕輕後退了一步，鎮長大步走出去，瑪拉和伊班緊隨其後。老伯恩則躊躇不前，雖然走得慢，但瑪拉發現今早他的臉色更為紅潤了——也許只是因為她回家了。

「啊，是你呀，班布里居小姐。沒想到你會來，我們還沒訂購新的雲朵呢。」

伊薇緊盯著瑪拉。「你知道我們過來的原因，皮波蒂鎮長。」她指向瑪拉和伊班。

鎮長面無表情。「哦？」

「你窩藏了一個小偷，不對，兩個。」伊薇的目光掃向伊班。「還有一朵從雲朵工廠偷來的女王雲。還有一隻飛龍！」

「你的證據呢？」鎮長問。

「那兩個人。」伊薇回答，但此刻沒有看向瑪拉和伊班。

「或許我們應該進屋裡討論一下——」皮波蒂鎮長剛開口，接著又有一個人影從雲朵馬車後方出現，這身影給了瑪拉希望。是朵姨！

瑪拉確信自己能向朵姨清晰又有邏輯地解釋這一切，把事情好好導正。朵姨對瑪拉露出微笑，但不知為何那笑容令瑪拉背脊發涼。這不是那個在工廠裡對她照顧有加的慈祥女人的笑容。這是恐嚇的笑！

她抽出掛在腰帶上的捲軸，拉開來開始朗讀。

「你們必須交還偷走的女王雲，樣本編號……A0143。」朵姨唸道，嗓音裡的體貼和甜美全部都消失了。雖然這些話明顯是從朵姨嘴裡說出來的，但聽起來卻像是別人在講話。就在這時，瑪拉驚恐地意識到，之前在雲朵工廠房間裡，和伊薇待在一起的另一個人影是誰了，一陣冰冷的恐懼突然竄過她的身軀。是朵姨！她一直在非法切割雲朵，出售那些病懨懨的雲。瑪拉感覺一陣憤怒和失望在胃裡翻騰。她看向伊班，對方也是同樣的感受。

「這朵女王雲從工廠裡被非法帶走。」

廣場一時間安靜下來，眾人還在消化這個消息。

「她是誰？」鎮長轉頭小聲詢問。

「朵姨。」伊班和瑪拉回答。

鎮長揚起一邊的眉毛，顯然對廣場上站著的女人，和瑪拉所描述工廠裡的那個女人，這兩者間形成的鮮明對比感到困惑。

「交還雲朵，否則我們將採取進一步行動。」朵姨喊道。

「但……她不是**我們的**，無法交還。」大家都沒有說話，最後瑪拉終於開口了。朵姨猛地轉頭，惡狠狠地瞪著瑪拉，彷彿她是垃圾桶裡的髒東西。「你說什麼，女孩？」

「布魯姆——她不是一個**物品**，朵姨。她不屬於任何人。她是自由的，是一個渴望自由的生命。」

「鬼話連篇，別想轉移注意力，把雲交給我。**馬上！**」

兩個高大的派送員拿著閃爍噴發魔法光芒的雲網在附近等著。和布魯姆現在龐大的體型相比，網子顯得很可笑。她不可能塞得進那裡的。他們到底想達成什麼樣的目的？

「不。」瑪拉回應。「你看，難道你看不出來她已經不同了嗎？她已經從被困在工廠裡，被迫日復一日製造雲朵的日子中改變了。」

伊薇和朵姨抬頭一看，兩人臉上的驚訝之情一覽無遺。這給了瑪拉一絲希望——希望能說服這兩個人。

似乎至少有那麼一刻，伊薇可能猶豫了一下，但現在是朵姨掌控大局。「不。我已經追蹤到這朵雲，絕對要把它帶回工廠。這就是世界運作的鐵則，你不能破壞世界的平衡，把雲當作人質。」

「根本不該是如此……嗯，不應該。」瑪拉說。

「胡說八道夠了。」朵姨氣憤地說。「把雲交出來，現在！」

「夠了，謝謝您。」皮波蒂鎮長和善但堅定地說，瑪拉知道這代表她不容任何人來搗亂了。「瑪拉已經解釋過了，這朵雲，噢，抱歉，是布魯姆，既然已經自由了，就不想和你或其他人一起回去工廠了。你們肯定看得出來吧？」

「這不是你能決定的。」朵姨回擊，顯然很享受占上風的感覺。

「也不是你。」鎮長憤而回應。「班布里居小姐只是一名派送員，而你，據我所知，只不過是某個被高估的保姆。我會立即向你們的上級舉報。我們知道你們一直在進行非法活動——瑪拉和伊班都是證人。現在，布魯姆受到沙海畔凋零鎮和所有鎮民的保護。」

「你們休想再拿到工廠的雲——永遠不能！」朵姨喊叫。

「再說一次，恐怕這不是你能決定的。」

朵姨轉身，怒氣沖沖地對伊薇及旁邊另一名侍從嚴厲地說了些什麼。他們之間顯然有些爭論，然後朵姨厲聲說道：「趕快去——現在！」

伊薇和派送員匆匆離開，朵姨在周圍踱步了一會兒，然後再次看向皮波蒂鎮長說道，「若你堅持窩藏逃犯——」

「逃犯？」瑪拉對伊班做出嘴型。

「並且扣留一朵女王雲……一**個俘虜**……」

「她是自願待在這裡的。」鎮長說，語音裡滿是怒火。

「……那你讓我別無選擇了。我已經獲得工廠負責人的允准，能使用任何必要的暴力來保護與遣返女王雲。」

沿著通往廣場的狹窄小巷，瑪拉看見兩匹巨馬拉著一輛雲朵馬車。馬匹很不安，發出了受驚的嘶鳴，並不停回頭看著，顯然被什麼東西刺激到。是什麼在車廂裡？

瑪拉往前踏出兩步，但她不需要看見馬車裡有什麼。她已經感覺到了。她在工廠內的女王雲走廊感受過相同的恐懼。

「是瑪瑙女王。」她告訴伊班，他的表情說明他已經知道了——他自己也感受到了它的黑暗、空洞和孤寂。

「朵姨，不行！」瑪拉喊出聲，快步衝向前，伊班緊跟在後。「別這樣，拜託。不是這個小鎮的錯。」

「那就把雲交出來！」朵姨尖叫道。

瑪拉轉頭看向布魯姆。不行，她不能讓雲朵回去工廠……如今已經不行了。

「我辦不到。」她說。

「我不會交出去的。」伊班幾乎是同時開口，

朵姨惱怒地重重呼出一口氣，轉身面對馬車。「打開！」她吼叫。「放出瑪瑙女王！」

第三十三章
瑪瑙女王

雲朵馬車的車頂開始向上掀開。齒輪喀噠喀噠的轉動標示著時間以令人痛苦的方式一分一秒流逝。瑪拉看見第一縷黑雲絲蜿蜒飄出來，但現場絲毫沒有喜悅或慶祝的氛圍。

「你不知道自己在做什麼。瑪瑙女王很危險，你感覺不到嗎？」伊班大喊。

「這是你們自找的。」朵姨說，但瑪拉發現她的目光根本沒對上他們，且音調越來越高亢、越來越驚慌。

伊班動身離開瑪拉，她抓住他的手，想把他拉回來。

「讓我過去，瑪拉。」他說。「我能幫忙。」

她看著他的雙眼，意識到自己阻止不了他。她拿出自離開凋零鎮起一直放在外套裡的迷迭香梗，插進伊班襯衫上一個空的扣眼裡。

「祝你好運。」她輕輕地說。

然後他鬆開手，一次跨過兩三階台階衝下去。他絆倒了一次，瑪拉以為他會摔倒，但他想辦法恢復了平衡，在伊薇和朵姨面前踉蹌地停了腳步。他看起來有點像在鞠躬或跪下，瑪拉看見伊薇的嘴角揚起一絲勝利的微笑。

但他迅速起身，抓住女孩的肩膀。那隻白烏鴉受到驚嚇起飛，惱怒地尖叫，並在他們上方盤旋。瑪拉注意到牠遠遠地避開了雲朵馬車。

「住手，伊薇。快停下！」伊班喊道，搖晃著她的肩膀。「這和瑪拉、和凋零鎮的人沒有關係。都是我……都是我的錯。」

伊薇看上去很是吃驚，但其他派送員已經把伊班從她身邊拖走。現在，瑪瑙女王幾乎完全離開了馬車，正在膨脹、生長，將暗影籠罩上小廣場，或者是吸走了白天的光線，瑪拉不確定是哪一種。

朵姨沒有打算停止，瑪拉很肯定這點。就算她決定停手，瑪拉也感覺到一股沉重的絕望，覺得即使朵姨現在想阻止瑪瑙女王，也已經來不及了。侍從們的手杖和他們微弱的攻擊怎麼比得過這片黑暗雲朵的浩瀚和力量呢？

瑪拉看著伊班，而他只是用嘴型對她說了一聲「走」，即使他也正在設法擺脫那些緊緊抓住他的侍從。

低沉的轟隆聲響在屋頂上滾滾翻騰，接著是劈啪作響的紅色閃電劃過廣場，擊中了聖佩吉教堂的尖頂。一聲巨響傳來，瑪拉驚恐地看著尖塔被瑪瑙女王的力量一劈為二，倒塌了下來。

瑪拉想也沒想便轉身匆匆跑上台階，朝站在那兒目瞪口呆盯著瑪瑙女王的皮波蒂鎮長奔去，女王不斷升起，佔據了廣場上空。

「您得躲起來。」瑪拉說著抓起鎮長的手，將她拉回公會廳的大門處。老伯恩顯然很清楚發生了什麼事，在瑪拉和鎮長走過最後幾階台階時，早已回到了廳內。鎮長一進去，瑪拉便轉身幫忙關上大門，此時又傳來一聲雷鳴。隨後，一道更閃亮的紅色閃電照亮了一切——公會廳的磚牆、皮波蒂鎮長驚恐的面容、瑪拉那雙被老伯恩緊緊握住的手。瑪拉轉身看見閃電擊中了廣場對面舊港務長辦公室旁的小房子。房子的窗戶瞬間反射出紅光，然後玻璃窗爆炸了，接著是舊木門。瑪拉希望裡

面沒有人。

她祈禱公會廳足夠堅固，能承受瑪瑙女王釋放出的所有力量。她也希望凋零鎮的其他人能倖存下來。但可憐的聖佩吉教堂永遠也回不去了。

瑪拉轉身開門，老伯恩再一次握住她的手。「你要去哪？」他問。

「去找伊班，我不能丟下他。」她回答。

「太危險了。」老伯恩說。

「所以我才必須幫他。」瑪拉絕望地說。

但老伯恩卻握得更緊了。「不，拜託待在裡面。尤尼絲，快來幫忙！」

突然間鎮長也出現了，伸手緊握瑪拉的手腕，她被兩個大人拖進屋內。「我不能冒著失去你的風險。」老伯恩這麼說。「對不起，瑪拉，但你是我的全部。」

兩人將她拉進屋時，瑪拉看了伊班最後一眼，然後視野全被烏雲覆蓋，門隨後也被關了起來。鎮長還上了鎖。

「拜託讓我去。」瑪拉哀求著衝到門邊。「開鎖吧。」

「瑪拉，我們需要你在這裡幫忙。少了你我們將無所適從。」

「可是伊班！」

鎮長伸出堅定的手，用她最銳利的目光看著瑪拉。「我知道這很難。但現在我們需要你，也不能再次失去你。你能幫幫我們嗎？」

瑪拉滿腦子都是伊班、伊薇，還有外頭可怕的瑪瑙女王。但她內心深處知道鎮長說得沒錯。

她點了點頭。

「好，所以現在，那東西究竟是什麼？」皮波蒂鎮長問，嗓音因恐懼而顫抖。

她回頭看向門口，門板已經被外頭的力量震得嘎吱作響。

瑪拉不確定自己有沒有聽過鎮長緊張或害怕的嗓音，這讓她失了信心。

「那是瑪瑙女王。」瑪拉說。「另一種雲。我想這就是工廠內使用過的雲走向生命盡頭時會發生的事。」

「噢，老天，我的老天。」鎮長驚呼。「我們得警告其他鎮民，他們需要立即避難。」

瑪拉不得不佩服鎮長，她已經從驚慌失措的樣子，變回了「鎮長模式」，毫不遲疑就憂心起其他人。「我的辦公室，快。可以用裡頭的廣播系統。」

她一步兩階跑上樓梯，留下瑪拉幫助老伯恩上樓，「他不會有事的，」老伯恩說，捏捏她的手。

「希望如此。」瑪拉回應。

「我覺得他是個不錯的年輕人，顯然想做正確的事。」

「這對任何人有什麼好處——看看我們帶回來的麻煩。」

「不是你們造成的，瑪拉。」

「是我。要不是我，伊薇也不會追趕我們，朵姨也不會放出瑪瑙雲了。」

老伯恩舉手示意她住口。「那是她們的選擇，她們的行為，不是你的。我不能假裝只為了讓我好起來就去偷一片雲不是個愚蠢的念頭，但你的初衷是良善的，你所意識到、嘗試做的事情是正確的。我明白這一點，皮波蒂鎮長也明白。你永遠都有我們支持著。」

瑪拉的淚水忍不住滑落了。她倒在老伯恩懷裡，呼吸著熟悉的毛衣氣味，那是一股雜揉著壁爐煙灰、熟悉的食物和油脂的氣味。他聞起來就是家的味道。

走進鎮長辦公室時，鎮長的廣播已經進行到一半了。廣播系統的麥克風就在她的面前，她急切地宣告：「親愛的鎮民們，凋零鎮正遭受攻擊。在危機結束之前，請大家立刻前往避難。務必小心安全，一定要安然無恙。」她深呼吸一口氣，重複這段話。「皮波蒂鎮長廣播，凋零鎮正遭受攻擊……」

布魯姆在辦公室內快速移動，看起來像是在地板上踱步，但其實是來回飛向窗邊。飛吉特在她下方，模仿著她的動作。每隔幾秒鐘，她就會膨脹到原本的兩倍大，然後又縮了回去。瑪拉相信雲朵正發出一陣輕柔的低吼，聽起來就像隻生氣的小貓咪。

「沒事的。」布魯姆飛過身邊時，瑪拉這麼說。「我們不會讓他們把你帶走。」又一道猩紅色的閃光照亮了辦公室窗外的天空，鎮長再次重複廣播。布魯姆突然跳到房間另一邊猛擊窗戶，似乎想要逃跑。

「她怎麼回事？」鎮長問。

「我覺得她是在回應瑪瑙女王。」

瑪拉解釋，雲朵又膨脹了，但這次沒有縮回去。

很快地，他們被濃罩在濃厚的霧氣中。

「我們該怎麼辦？」老伯恩大聲問道。

「她在設法保護我們，她之前對巴恩利的搶匪，以及石化森林裡的沙蠍，都做過同樣的事。但我們不能讓她出去，她對抗不了瑪瑙女王的。」

然而，還有其他事情發生了——他們不僅被困在濃密的霧氣中，霧氣本身似乎也變得更加堅實了。瑪拉覺得自己好像被擠壓著。

怎麼可能？

怎麼回事？

「布魯姆，拜託。你必須待在這裡，外面不安全。」瑪拉對著濃霧叫喊。但她其實更像是對著枕頭尖叫，因為聲音一離開她的嘴巴就被吞沒了。

「讓她去吧。」老伯恩在她身邊說。

他在濃霧裡怎麼找得到她？

「但我辦不到。她會受傷的。她贏不過瑪瑙女王。」

「你確定嗎？」老伯恩問。

「你沒看到她是怎麼擊倒教堂尖塔的嗎？布魯姆一點勝算都沒有。」

「當你出發展開冒險時，我也是同樣的想法。但看看你自己是如何撐過來的，瑪拉，你甚至沒有像她那樣膨脹。你不會知道她能有多強大，直到……你放手讓她自由去闖盪。」

「除了這個又好又合理的觀點之外。」皮波蒂鎮長在越發濃厚的雲霧中掙扎著走向他們，「我覺得她不想再繼續待在裡面了。」

瑪拉轉身將鎖鬆開，推開了窗戶。

布魯姆宛如壺中傾瀉而出的水，一絲絲地流淌，流入公會廳的廣場上。

第三十四章

雲朵大戰

瑪拉把手伸出窗外，似乎希望能將布魯姆拉回屋內，確保她的安全。

她聽見底下廣場傳來的喊叫聲——是伊薇和雲朵侍從，但很難看清他們。

然而這朵小女王雲——雖然不再那麼小了——越飄越高，遠離公會廳，朝著瑪瑙女王飄去，瑪瑙女王像一塊可怕的毯子覆蓋著凋零鎮，遮住了天空和陽光，讓整個世界像陷入了死寂般的黑夜。布魯姆就像是一條飄向高空的細小白色圍巾。**可憐的布魯姆**，瑪拉悲觀地想著。她對抗不了瑪瑙女王的，她不是她的對手。

瑪拉不想看，但又不確定自己能否轉身走開。空氣再次被瑪瑙女王血紅色的閃電給劈裂開來，緊接著是一聲巨響，附近另一棟建築物被擊中了。

布魯姆開始左閃右逃，彷彿在躲避什麼看不見的東西。或許，她正在尋找某個東西。布魯姆是在嘗試著逃跑嗎？是這樣嗎？她之所以想離開鎮長辦公室——是為了飛走嗎？

瑪拉的心瞬間沉了下去。

瑪瑙女王似乎正在下墜——就像一隻巨大的老鷹，張開黑色的翅膀，俯身衝向她的獵物……布魯姆。

但在最後一秒，小女王雲翻滾了一圈，躲開瑪瑙女王的攻擊。瑪瑙女王撞上地面，將雲朵馬車和幾名侍從淹沒在了一片漆黑之中。伊班在那裡嗎？瑪拉不確定。瑪拉看著布魯姆飛過兩座狹窄的建築物間隙。瑪瑙女王很快恢復過來，盤旋上升的同時掀起一陣猛烈翻騰的暴風雲柱並劈出一道紅色閃電，朝著布魯姆那縷白色的身影狂奔而去。

瑪拉感到無能為力。她必須做點什麼，做任何事幫忙！但她意識到這是一個非常愚蠢的念頭。面對瑪瑙女王強大無比的力量，她能做些什麼？

但她還是決定要試一下！

她朝辦公室門口走去，卻被老伯恩擋住了去路。甚至飛吉特也和他站在一起。

「你不能出去。」他把路擋住。

「我必須做點什麼。我必須幫點忙。」

「太危險了，瑪拉。待在這裡，拜託。」

「但是……這都是我的錯！」她邊說邊從他身旁溜過去。老伯恩還沒反應過來，瑪拉就跑出辦公室了。

在樓梯中途，瑪拉又聽到一陣閃電和雷聲。大樓搖晃得很厲害，她很驚訝周圍的牆壁竟然沒有倒塌。她緊緊抓住欄桿，等待震動平息。

危機近在眼前，簡直生死一瞬！大門緊緊鎖著，鑰匙掛在門邊高高的掛鉤上。瑪拉走到門口時，又有一陣聲響貫穿整座建築物，聽起來像是天空裂成兩半的聲音，瑪拉努力穩住身子的同時，看到門周圍有一道血紅色的閃光。

震動稍微平息後，她縱身一躍，跳了一次、兩次，伸手去抓掛在鉤子上的鑰匙。最終，嘗試了差不多五次之後，她摸到了，將它們甩到了地板上。她轉身撿起鑰匙，但很難用顫抖的雙手將鑰匙插入鎖孔。她沮喪地呻吟著。

門鎖終於喀噠一聲打開後，她感謝上蒼，將厚實的門板推開。然後她聽見身後傳來聲音，看到凱路絲從會議廳裡走了出來。她的喉嚨發出了低沉的悲鳴。「你得待在這裡，這裡很安全。伊班不希望你有任何意外。」瑪拉一邊說，一邊鑽進狹窄的門縫，走到外頭的廣場上。她抬起頭看了一眼，便急匆匆走出去，然後踉蹌一下停了下來。

布魯姆飄在廣場低空，她退到了角落，她被困住了。

瑪瑙女王飄浮在她上方等待，彷彿正細細品味著發動攻擊前的每一刻！

布魯姆僵在原地無處可逃，瑪瑙女王則步步進逼。瑪拉能感覺到布魯姆的恐懼，也能感受到瑪瑙女王將暗影瀰漫廣場時，內心的孤寂淒涼。

她看不見馬車、朵姨、伊薇和任何侍從，也沒有伊班的身影。他們怎麼了？

時間一分一秒過去時，瑪拉能見到的景物越來越少。烏雲蔓延開來，遮住了建築物，將一切從視野中抹去，彷彿它們從此不復存在。不久後，瑪拉的眼中只剩一片黑暗和粉白色的痕跡，是布魯姆，而瑪瑙女王包圍了她，開始將她吞噬！瑪拉驚恐地看著布魯姆被瑪瑙女王團團包圍——布魯姆的蓬鬆輕盈消失在滾滾的黑暗雲團和劈啪作響的紅色閃電中。

他們失敗了。不僅如此，還讓凋零鎮陷入巨大而未知的危險之中。誰知道有多少建築慘遭破壞或摧毀？鎮上有多少人受傷，或是面臨了更嚴重的後果？

瑪拉意識到自己並非獨自一人，鎮長站在她身旁。

「噢，瑪拉——我很遺憾。」皮波蒂鎮長說，一隻手輕柔地放上她的肩膀。不可能就這麼結束了，對吧？瑪拉俯視廣場，在黑暗中瞇著眼睛尋找伊班的身影。謝天謝地，她能勉強看見他了。他依然受制於侍從們，不過他們全都退到了馬車旁，躲在通往舊港口的拱門下。他對上她的目光，即使隔著這麼遠的距離，她也能看見他的痛苦和心碎，她知道自己的神情也是如此。

瑪拉搜尋著布魯姆——哪怕只是某個地方、任何地方的一小點白色亮光。可是完全不見她的蹤影。

她消失了。

瑪瑙女王贏了。朵姨和工廠也贏了！

瑪拉只能看著漆黑的無盡雲團，如同絕望感般沉沉下墜。

她望向最後見到伊班的地方，淚水奪眶而出。一切都白費了！她失去了布魯姆，現在瑪瑙女王將近一步摧毀凋零鎮。

「噢，布魯姆。」

但隨後，瑪拉心頭一震，意識到距離最後一道紅色閃電劃破黑暗已經過了好一陣子，她內心泛起一絲微弱的希望。

她回頭看了一眼龐大的瑪瑙女王，然後等待著。她開始數著時間。

一切都消停了嗎？

瑪瑙女王停止移動了嗎？停止翻騰了嗎？現在看起來好像只是懸浮在廣場上方。靜止了，一動也不動。

此時，暗影正被某個東西取代——有一種轉變，是顏色和亮度開始變化了。瑪瑙女王的黑影正在散去，就在瑪拉眼前。

隨著瑪瑙女王變得越來越稀薄，天空下起了雨。不是瑪拉習慣的那種工廠雲朵帶來的細雨，而是傾盆大雨——巨大的雨滴落在地面時像是爆裂開了。而且，隨著雨勢增強，烏雲也變得更淡了。

「怎麼回事？」老伯恩出現了，和瑪拉及鎮長站在一起。

「老天啊，看看這雨！」皮波蒂鎮長說，一腳踏入大雨中。

接下來，從那曾是瑪瑙女王的無邊黑影之中，出現了一個東西。一個更小、更輕盈的東西。當這片新的雲朵飄向瑪拉時，較大片的烏雲開始蒸發——就跟從工廠訂購的雲一樣。

「怎麼回事？那是……」老伯恩問。

但瑪拉不知道該如何回答。

這朵較小的雲確實是布魯姆的形狀，但比布魯姆更加粉紅，也大了許多。

當她飄回廣場時，瑪拉一陣恐慌，因為她徑直朝向雲朵馬車、朵姨、伊薇以及侍從們飛去。搞不好她依然是瑪瑙女王？

但雲朵並沒有進入馬車，而是飛向了伊班，在他的頭上盤旋了幾圈，接著俯衝而下，輕輕蹭著男孩的臉和肩膀。

是布魯姆！

但是她和之前不太一樣了。

「立刻解決掉那東西。」朵姨說，手指著布魯姆。侍從們——在雲朵大戰開始一直待在戶外，現在看起來筋疲力盡——拿起棍棒走向布魯姆。但他們才走了幾步，雲朵就射出了兩道劈啪作響、閃爍不定的細小閃電，直奔他們而去，侍從們扔下棍棒撤退了。布魯姆向伊薇和朵姨靠近，逼近兩人時，粉紅色的閃電在她周圍閃爍爍爍。

「它……它在幹嘛啊？」伊薇尖叫道。

「把它弄走。」朵姨大喊。

「我覺得她要你放開伊班！」瑪拉站在台階上喊道。

「什麼？休想！」伊薇氣憤地回應。

啪！粉色電流瞬間閃出，伊薇和朵姨嚇得驚叫。朵姨把伊班推倒在地，跟在伊薇身後衝向已經駛離廣場的馬車，其他侍從顯然也覺得是時候離開了。

瑪拉快步上前扶起摔倒的伊班。

「你沒事吧？」她問。

「還好。」他不確定地回答，看看手腳彷彿在反覆檢查自己。

瑪拉緊緊抱住他，越過他的肩膀看著雲朵馬車以及裡頭的朵姨、伊薇和侍從們消失在視線之內。

「那真是……太瘋狂了！」伊班說。「我一度以為我們都要完蛋了。」

「我也是。」瑪拉這麼說。

「那真的是布魯姆嗎？」鬆開擁抱後，伊班邊問邊抬頭看著盤旋在上的雲朵。

「我想是的。沒錯，我很確定。」瑪拉笑了。

「她……她……吃了瑪瑙女王嗎？」伊班問。

「我不想多想那個。」瑪拉笑著說。「但它確實消失了！」

布魯姆再次飛過頭頂時，迎接他們的是一場更為溫和的雨，而且這場雨閃耀著光芒。

充滿光亮、生命和魔法的雨！

第三十五章

雲朵守護員

太陽開始緩緩下沉，漫長的一天即將結束。

瑪拉坐下來，凝視著懸崖頂和峽谷對面的凋零鎮。在五個月前的雲朵大戰中受損的幾棟建築仍被鷹架團團包圍，他們正在修復、重建。凋零鎮歷經苦難，但存活了下來。然後，她眺望沙海中連綿起伏的沙丘。

最後，她抬頭望向這一切。她看著懸掛在傍晚天空中的雲朵，所有雲朵都因逐漸西沉的夕陽染上淡淡的橘色光暈。

最近，凋零鎮上空總有雲朵。一開始只有布魯姆——每隔幾天玫瑰色的小雲就會越飄越高，盡可能地蔓延開來，並用暴雨洗滌整座城鎮。有時只持續半小時，有時則會連下好幾個鐘頭。瑪拉好喜歡看著孩子們放學後在凋零鎮街道上踩水坑玩，在雨水傾盆而下時舞動轉身。懸崖頂農莊這一季的收成已經比瑪拉一生中所見過的任何一季都要好，而且他們還計劃擴大種植面積以增加更多農作物。幾天前，莉惟和艾爾西小姐在她們的院子裡發現一片名叫苔蘚的東西，讓所有人都非常興奮。城鎮周圍各處最意想不到的地方冒出了細小的綠芽，井泉廣場的大門永遠不必上鎖了。奎爾先生現在受到皮波蒂鎮長的特別委託，尋找一些名為雨傘的古老物品，用來幫助遮雨——儘管瑪拉無法想像自己會不喜歡每天被淋濕的感覺！

一陣輕柔的咕嚕聲從上方傳來，瑪拉抬起頭，布魯姆縮回熟悉的枕頭大小飄向她，讓她撫摸和拍打。那朵小雲在空中翻滾，瑪拉現在知道那就叫純粹的幸福。

「哈囉，瑪拉！」她轉身看見貝爾夫婦正朝農舍走去。他們微笑著揮手，繼續前進。「她做得很棒，對吧。感謝老天帶來你們倆！」

瑪拉害羞地笑著揮揮手。

這幾天布魯姆大部分時間都在空中度過。她所形成的其他雲朵似乎都沒有感知能力，至少目前還沒有。有些雲來來去去；有些則已經在天空中待好幾個月了。但到目前為止，布魯姆是唯一看起來真正有生命的雲。她還會到處旅行，沿著海岸線上下飛行，將魔法散播到沙海畔的其他城鎮和村莊。

如今的生活非常不同了。

就在這時，瑪拉看到老伯恩朝她走來。他的手杖不見了，如以往般邁開大步，回到被萎縮病擊倒之前那樣。不管布魯姆包裹住他時發生了什麼事情，但似乎真的治癒了他。

「今天你會回鎮上吃晚餐嗎？」老伯恩問。

「當然要囉。今晚吃什麼？」瑪拉上前迎接他。

「烤雞與所有配菜！」老伯恩笑著摟住她。

「是什麼特別的場合嗎？」

「沒什麼特別的。」他回答，但臉微微泛紅。

「哦，鎮長會來吃晚餐，對嗎？」瑪拉笑出聲。

「對，她要來慶祝。阿奇·史克朗普今天受審，他被判犯了收受雲朵工廠員工賄賂，以及其他貪污罪行——真希望他變成一隻討人厭的小黃鼠狼！」老伯恩大笑道。

某個東西吸引了瑪拉的注意。天空中有兩個小黑點。是鳥嗎？

「那是什麼？」瑪拉問，她從老伯恩身邊走開好看個清楚。

牠們飛動速度很快，肯定不是鳥。

老伯恩將一隻手舉到眼睛上方，遮擋陽光的照射。

「你覺不覺得它們可能是……」

「鷹身女妖！」瑪拉說。不然還會是什麼呢？

布魯姆突然醒了過來，一瞬間脹大成原本體積的三四倍。她的粉紅閃電小火光朝四面八方飛濺，她越飄越高，朝鷹身女妖飛去。

「去通知貝爾夫婦。」瑪拉對老伯恩說，指向幾步之遙的農舍。「我回鎮上發送警報。」

老伯恩點頭，朝著農舍小跑步過去。

瑪拉衝下離開懸崖頂農莊的小徑，跑過峽谷橋回到鎮上。繞過田野盡頭時，她差點撞上迎面而來的皮波蒂鎮長。

「哎呀，小心點瑪拉。什麼事這麼急？」

「鷹身女妖！」瑪拉指著身後含糊地說。

「什麼？」鎮長看向瑪拉身後。

「懸崖的鷹身女妖。」瑪拉重複說道，轉身指過去。「那裡……看……」

但那些黑影靠得更近了，很明顯根本不是鷹身女妖。

「飛龍！」瑪拉奔向他們興奮地大喊。「凱路絲！伊班！」

不久後，兩隻飛龍著陸，伊班從凱路絲背上的鞍具爬下。瑪拉衝進他的臂膀，緊緊擁抱住他。

「真不敢相信你來了！」她喊道。

「我本來打算今晚寫信給你，問問你的近況的。」

另一位飛龍騎士也下來了，正在摘掉護目鏡和頭盔。一束長長的深色辮子垂下她的肩膀，掉落到背脊處。「莉塔！噢，天哪，你怎麼會在這裡？」

瑪拉也抱住了莉塔。她不敢相信所有人包含在頭頂上盤旋的布魯姆，竟然能在懸崖頂上團聚。

瑪拉將莉塔介紹給皮波蒂鎮長，鎮長隨後說要去農舍找老伯恩過來。她離開後，莉塔笑著伸手去拿包裡的東西。「伊班告訴我說他要來看你，我就說服他讓我加入了。」她解釋道。

「莉塔，很抱歉我偷了萬靈丹。我不該那麼做的。」

莉塔露出微笑。「沒關係，瑪拉。花園女王雲，噢對了，我爸媽勉強答應讓我正式替她命名，她叫雲兒，她隨時能製造更多。而且，要是你沒有偷走，可憐的伊班現在就不會在這裡了。」

瑪拉如釋重負地笑了，轉身看著老伯恩和鎮長走過來。「哈囉，伊班！」老伯恩高興地叫喊。

「嗨，基史密斯先生，您看起來好多了！」伊班回應。

「也許你們倆會想加入一起吃晚餐嗎？」

「是烤雞！」皮波蒂鎮長笑著說。

「哇，算我們一份！」伊班說。「但我們也是來處理工廠事務的。」他轉身解開一個繫在凱路絲鞍具上的皮質包包。他從包裡拿出一疊厚厚的文件，然後交給鎮長。「這是來自工廠的報告。過去幾個月有了很多變化。多虧了那位偷雲賊。」他對瑪拉眨眨眼。「也謝謝莉塔父母及他們的研究。」

「現在我們在石化森林裡有一支小團隊一起工作。」莉塔看向伊班，咧開大大的笑容。

「包括你的老朋友克雷絲塔和她的家人！」伊班這麼說。

「真的嗎？真是太棒的消息了！」

「她請我代她表達問候，希望你很快就能來訪。」莉塔補充。

鎮長快速翻閱著文件夾，但幾秒鐘後停了下來，更仔細地研究一些內容。「野化計畫？」她問道，一撮銀色眉毛高高揚起。

伊班對她露出笑容。「工廠的長老們已經意識到，自由的雲朵，或者我們所說的野生雲朵，比工廠裡的雲更有生產力、更強大。」

「幾乎強大了百分之一千！」莉塔興奮地說。

「除了布魯姆和雲兒，工廠附近還有另外兩朵雲被重新野化。如果一切順利，今年晚些時候還會再釋放兩朵。」

「嗯，聽起來很棒，對吧？」老伯恩問。

「且看看這個！」皮波蒂鎮長神祕地說道，將其中一份文件遞給了瑪拉。

官方機密文件

十月三十二日雲朵工廠高層會議

布靈德國雲朵工廠高級部會議之真實記錄

從十月八日星期三開始，一直記錄到十月三十二日

主持官員：高階侍從依卡利

其中，雲朵工廠的朵希拉．班德布里及伊薇．班布里居實屬故意竊取受保護的物料（雲），蓄意非法切割所述物料，並蓄意以上述物料換取金錢。

根據起訴書，雙方皆承認犯罪，並已被逐出雲朵工廠，移交給巴恩利當地警方進行起訴和定罪。審判日期如下。

瑪拉抬眼看向伊班。「可憐的伊薇和朵姨。」她小聲地說。「真是太恐怖了。」

她知道兩人都做了可怕的事情，但對事情發展到這個地步仍感到很難過。畢竟，瑪拉自己也曾想偷一朵雲，不是嗎？

伊班彷彿讀懂了她的心思，伸手握住她的手，溫柔且和善地說：「這不一樣，瑪拉。你當初去那裡是為了幫助別人，但她們始終只是為了自己。」

「這番話十分明智。」皮波蒂鎮長鄭重說道。

她又翻閱了幾份文件。

「看來雲朵工廠真的發生了翻天覆地的變化？」她問伊班。

「千真萬確，高階侍從正與一群科學家密切合作，包括索尼教授兼博士。」伊班朝莉塔點點頭，她露出驕傲的笑容。「一切都是為了確保事情朝更好的方向發展，尤其是讓重新野化的女王雲得到新設立的侍從人員的照顧、保護和監控。」伊班說這話的同時，似乎相當自豪。

「雲朵守護員？」鎮長露出大大的笑容，再次低頭閱讀文件。

伊班點頭。「他們請我擔任工廠內的守護員，莉塔則負責石化森林的部分。」

莉塔興奮地拍拍手。

「此外，高級侍從希望瑪拉擔任凋零鎮的守護員。」鎮長從報告中抬頭，幾乎難掩語氣中的興奮之情。

「什麼？」瑪拉和老伯恩同時開口。

伊班和莉塔笑了，伊班將包包遞給瑪拉。「這是你的制服，如果你願意接受的話？」

「但，為什麼是我？」瑪拉問。

「為什麼？因為你是這份工作的最佳人選，瑪拉。顯然你和布魯姆有某種連結，而且你比工廠裡的任何人都更了解凋零鎮和沿海地區。此外，你還和鎮長是好朋友。沒有人比你更適合擔任凋零鎮的雲朵守護員了。高級侍從們一致認同。」

莉塔點頭。「確實如此。」

彷彿為了表示認可，布魯姆飛下來磨蹭著瑪拉。雲朵輕壓上她的皮膚時，她能感覺到電流的刺痛。「我想布魯姆也同意！」莉塔補上這句話。

瑪拉不得不稍作停頓，思考了一會兒，這將是個巨大的責任。但也將是一場巨大的冒險，而瑪拉覺得自己已經準備好迎接另一次冒險了。

「是的，好吧。」她對伊班說。

現場響起了熱烈的掌聲和一些歡呼聲，其中主要來自伊班和莉塔，甚至連兩隻飛龍也加入了。

「只是還有個小問題，你的飛龍。」伊班說道。

瑪拉不確定有沒有聽錯。「一隻飛龍，我的？」

「這樣你能更方便照顧雲朵。」莉塔解釋。「我的飛龍叫巴倫。」她指著較大的那隻說。牠有著明亮的綠色羽冠和溫暖的棕色雙眼。

「而凱路絲則是你的。」伊班表示。

他肯定是在開玩笑，凱路絲對他說意義非凡。「伊班？」

男孩點頭。「她是你的，瑪拉。這是工廠送你的禮物，感謝你幫助我們所有人找到一條新的出路，給了我們對未來的希望。畢竟，凱路絲從來都不真正屬於我。無論你們在擊退鷹身女妖時發生了什麼事，你們之間似乎已經建立了一種特殊的連結。」

瑪拉很快地轉過身去，希望沒人看見她雙頰上的淚水。那些淚水既是喜悅、驚訝，也是她當下所感受到的千百種情感。

老伯恩傾身給了她一個最深的擁抱，打破了緊張的氛圍。「好了，現在我高興自己費力地烤了隻雞——今晚我們要慶祝個兩次、三次！」他喊道。「你要加入嗎，女孩？」他這麼問。

瑪拉笑了，轉頭看向凱路絲。「我們很快就過去。」她回答。「我想先和凱路絲飛一會兒！」

「好，別太久喔。」皮波蒂鎮長說。「否則我會吃掉你的烤馬鈴薯！」

他們揮手告別鎮長和老伯恩。莉塔和伊班爬上巴倫，瑪拉將凱路絲的鞍具綁在腰間。然後她抓穩韁繩。

幾秒鐘後，凱路絲和瑪拉翱翔於天際了。

他們翱遊在凋零鎮上空，陽光親吻著沙海上連綿起伏的沙丘，將天空和城鎮上空的雲彩染成了金黃色。

作者的話

自然界是我們所經歷過最接近真實魔法的事物——它總是令人著迷、神祕萬千且如此強大，是我們所有人在這個星球上生存的根本。我們如此輕率地對待它讓我心碎，所以當我開始創造《偷雲賊》的世界時，我知道這將是一個因氣候變遷而經歷巨大轉變的地方。這是一個沒有雲彩和任何天氣變化的世界，只有來自神奇的雲朵工廠的產物，而只有那些有幸買得起它的人才能擁有。

小時候，我花很多時間和父親一起探索林地、河岸和海岸，我相信這就是我尊重且熱愛自然界的原因。

自然和野生空間總能帶給我巨大的啟發，從我曾嬉戲過那片花園底部的小樹林，再到我遛狗的地區公園，被大自然環繞總能以最棒的方式開啟我的想像力。雲朵在這方面也扮演了重要角色——我在東英吉利亞長大，直到幾年前都一直生活在那裡。這不是一個以山丘聞名的地區，但天空景象十分壯麗，我們現在搬到了約克郡，但設法選擇平坦的地方，那裡至少有類似的天空景觀！所以我總是望著廣闊的天空和最令人驚嘆的雲彩。

這故事的關鍵靈感來源，非常奇怪地，是來自我家附近的發電廠。一個晴朗的冬日——天空萬里無雲，呈明亮的湛藍色——我困惑地看到雲從我視線之外的某處升起……原來是發電廠。突然間，我有了打造一間生產雲朵工廠的想法。雖然，又過了兩年，瑪拉才被創作出來，而《偷雲賊》的故事終於開始在我的腦海中展開。

和你們許多人一樣，我憂心著我們對待自然界的方式，以及這在不遠的將來對我們所有人來說意味著什麼，但我仍然樂觀地認為年輕人——就像《偷雲賊》故事裡的那樣——將是帶來巨大美好變化的生力軍！

| 各界盛讚 |

以愛為趨動力的奇幻冒險旅程

乍看《偷雲賊》是一個小女孩的奇幻冒險故事，然而在作者生動的文字裡埋下深刻的自然保育、環境意識和資源分配的主題。在這個小鎮裡，擁有雲朵是需要付費的。在我們的現實世界裡，空氣已經在市場上販賣，所以這一切似乎不是孩童的故事而已，而是正在發生的殘酷現狀。價格上漲，資源緊縮的時代下，要如何平均分配的問題都在這本小巧的故事裡徐徐展開。

如果你正在尋找一本充滿想像力且富有教育意義的故事，《偷雲賊》絕對是第一首選，這個故事的文字簡潔卻充滿力量和智慧，作者以非常平易近人的敘述手法描繪出雲朵如何在這個世界裡成為重要的資源，隨著故事主角瑪拉的奇幻冒險，讀者看到了一幅幅生動的畫面，逐漸了解擁有雲朵的天空、富有生命力、種滿植物和樹木的美麗花園是多麼幸福的事情。作者以生動的文字和引人入勝的情節，喚起讀者對自然環境的保護意識，並思考如何建立一個更加公平同理的社會。

——**張雅蘭** 臺東大學英美系教授

《偷雲賊》將真誠的自然關懷與柔軟又奔放的想像力揉合成奇妙的冒險故事，描繪勇敢的瑪拉如何經歷萬難潛入雲朵工廠，最終解救了自己熱愛的家人和家鄉的過程。故事最讓人欣喜又驚奇的莫過於構想出精密運作的雲朵工廠，還用靈動的筆觸栩栩如生的寫出每朵女王雲的性格與樣貌。雲這種自然現象有史以來總是吸引著各領域藝術家的目光，作者充滿情感的細述它們變化萬千的型態與聚合，賦予每一朵雲喜怒哀樂，也捕捉了自然萬物蓬勃的生命力。這則故事難能可貴的嫁接生態寓言與成長故事，用滿滿的愛，說訴自然災難迫近人類時，渺小的個體除了恐懼與無力感，還能以何種態度回應面對。

——**黃筱茵** 繪本、青少年閱讀推手當氣候變異，石化森林是布靈德國發生變化的第一個地點。才一眨眼，這裡的土地瞬間干枯，成了一個黑暗、陰森，充滿哀傷，沒有生命的地方。整個布靈德國倚賴白雲谷雲朵工廠「生產」的「女王雲」提供降雨。然而，長期缺水，沙畔凋零鎮部份居民手腳萎縮，行動艱難。缺水，似乎也意味著生命加快萎縮、失能。瑪拉為拯救病情逐漸惡化的父親，帶著小松鼠飛吉特，離開家鄉去偷取蘊藏著生命、存有魔法、靈魂的「雲朵」。然而「離家」是為了「返家」。瑪拉在離家——返家過程中發現更多雲朵工廠的秘密，而本質上「不可揭露」的秘密，一旦被瑪拉「打開」，瑪拉又會面臨哪些危險？她又如何透過善良、正義達到「偷雲」的目的——將父親老伯恩治癒，同時巧妙還原「古老時期」的地球生態？將希望與愛帶回家。

小說敘事，讓人聯想到大衛．威斯納著名的繪本《七號夢工廠》的雲朵製造機。「雲朵」是如何被製造出來的呢？生態持續惡化可能產生哪些地球變異與想像呢？內心如何平衡「偷盜」和治療父親與環境的正義感？或許透過瑪拉的冒險歷程，你也能形成自己的想法。

——黃愛真 教育部閱讀推手

「這是一本帶有奇幻元素的小說，非常好看，一看就停不下來！故事背後探討的是重要的環境議題，讀完之後，只想要更加珍惜愛護我們所在的地球啊！」

——**李貞慧** 譯者、教育部閱讀推手

同樣以「雲朵」做為故事主軸，當《造雲師》動畫導演連俊傑聊及《偷雲賊》這部青少年小說時，他說：「《造雲師》和《偷雲賊》都在講親情的羈絆，儘管兩個故事的出發點，也就是驅動方式不同，一個是父親已經消失；另一個是父親生了重病、性命垂危。《造雲師》是主角朵兒希望去證明父親到底是生或死，她想要一個不曖昧的答案，更是抱著一個父親還活著的渺茫希望；而瑪拉的初心只想救父親的命。儘管兩者驅動方式不同，但能量來源都一樣，那就是源於對父親的愛，一種父女之間的羈絆。

我很被瑪拉這個角色吸引，會想知道她如何走完這趟旅程。第一，她很有同理心；第二，她非常勇敢。其實光從故事前面幾章的人物性格，就能看出來，包含她一心想幫助老伯恩，甚至對鎮上需要水的居民熱心伸出援手，當然她會有豐富的同

理心也是深受老伯恩的影響，而同理心我想也是她最後能克服困難、完成旅程很重要的關鍵，過去她所幫助過的人都會回頭再來幫她。」

瑪拉這樣的角色對青少年其實是非常具有啟發性，「他們會更關心周遭的人，更了解到良善和同理心能讓你走更遠。」連俊傑也希望，每位讀者都能在《偷雲賊》當中找到自己的共鳴角色，不管是瑪拉、伊班或是莉塔。

——**連俊傑**《造雲師》動畫導演、連想創意創辦人

《偷雲賊》裡隱藏的科普知識

——專訪中央大學大氣科學 王聖翔教授

在雲朵大戰中瑪瑙女王以閃電作為攻擊力，這個其實也有科學根據喔！

閃電跟降雨兩個層面，第一個是氣候變遷，現在面臨的氣候變遷問題是未來溫度會越來越上升，熱量越多會激發更多水蒸氣到大自然裡，那它勢必會轉換成另外一種形式降下來，也就是說未來的強降雨會更大、更密集、更劇烈，但頻率可能沒有那麼多，因為它必須累積更多能量然後一次釋放，這是能量再釋放的角度。第二個是區域氣候，有一個很經典的研究：在海洋大氣的環境裡本來水氣就很充足，可是當有一個比較高的污染源進入這個環境就會激發出一個很完整、很強烈的深對流。當對流發展到很旺盛的時候就會產生空氣摩擦並產生電荷的移動，然後就會產生閃電。所以有兩個方式促成讓帶有閃電攻擊力的瑪瑙女王出現，一個就是在氣候變遷下全球暖化的趨勢，再來就是空氣汙染使對流旺盛。

故事最後提到「雲朵野化」計畫，可以看成在這個地方要產生更多適合雲生成的條件。人類所做的行動有時不能單單定義好或不好，就是有影響，例如把太陽能板蓋在埤塘或魚塭上，那水就無法蒸發，把雲困在這個地方那就不叫「野化」雲朵的概念了。

雲的角色其實很複雜，它白天跟晚上是不一樣的。白天它可以遮蔭讓你感覺涼快；冬天晚上如果晴空無雲，隔天清晨會因為輻射冷卻的關係會變得超冷的，如果有雲的話就像晚上幫你蓋被子一樣。所以雲的存在，它能幫忙降溫又增溫。那麼要讓雲扮演好降溫和增溫的角色，就需要在時間、地點上配合得很好，所以如果我們未來也發展成小說中的世界，那麼我們可能真的需要去把適合的雲在適合的時間送到適合的地方，那整個地球的溫度就能較為容易被重新再調整。其實這也是《偷雲賊》給我的啟發。

訪談全文，詳見「大氣科學的雲朵」

偷雲賊

The Cloud Thief

作　　者｜詹姆斯．尼可 James Nicol
譯　　者｜蕭季瑄
封面、內頁插畫｜ KIDISLAND．兒童島

責任編輯｜林祐萱、執行編輯｜林映妤、內頁排版｜王麗鈴
美術設計｜耶麗米工作室

出　　版｜有樂文創事業有限公司
副總編輯｜林祐萱、主編｜陳美璇
地　　址｜ 235 新北市中和區宜安路 173 號 3 樓
電子信箱｜ ule.delight@gmail.com、電話｜（02）86687108

發　　行｜遠足文化事業股份有限公司（讀書共和國出版集團）
地　　址｜ 231023 新北市新店區民權路 108-2 號 9 樓
電子信箱｜ service@bookrep.com.tw、電話｜（02）2218-1417 、傳真｜（02）2218-1142
郵政帳號｜ 19504465（戶名：遠足文化事業股份有限公司）
客服電話｜ 0800-221-029 團體訂購｜ 02-22181717 分機 1124
網　　址｜ www.bookrep.com.tw

法律顧問｜ 華洋法律事務所／蘇文生律師
印　　製｜ 博創印藝文化事業有限公司

定　　價｜ 380 元
初版一刷｜ 2024 年 8 月
初版三刷｜ 2025 年 6 月

I S B N ｜ 978-626-98305-7-2（平裝）
EISBN ｜ 978-626-98305-8-9（PDF）
｜ 978-626-98305-9-6（EPUB）

國家圖書館出版品預行編目 (CIP) 資料

偷雲賊／詹姆斯．尼可（James Nicol）著；蕭季瑄譯. -- 初版. -- 臺北市：有樂文創事業有限公司出版：遠足文化事業股份有限公司發行，2024.08
288 面；14.8×21 公分
譯自：The cloud thief
ISBN 978-626-98305-7-2（平裝）

873.59　　113012106